JN198046

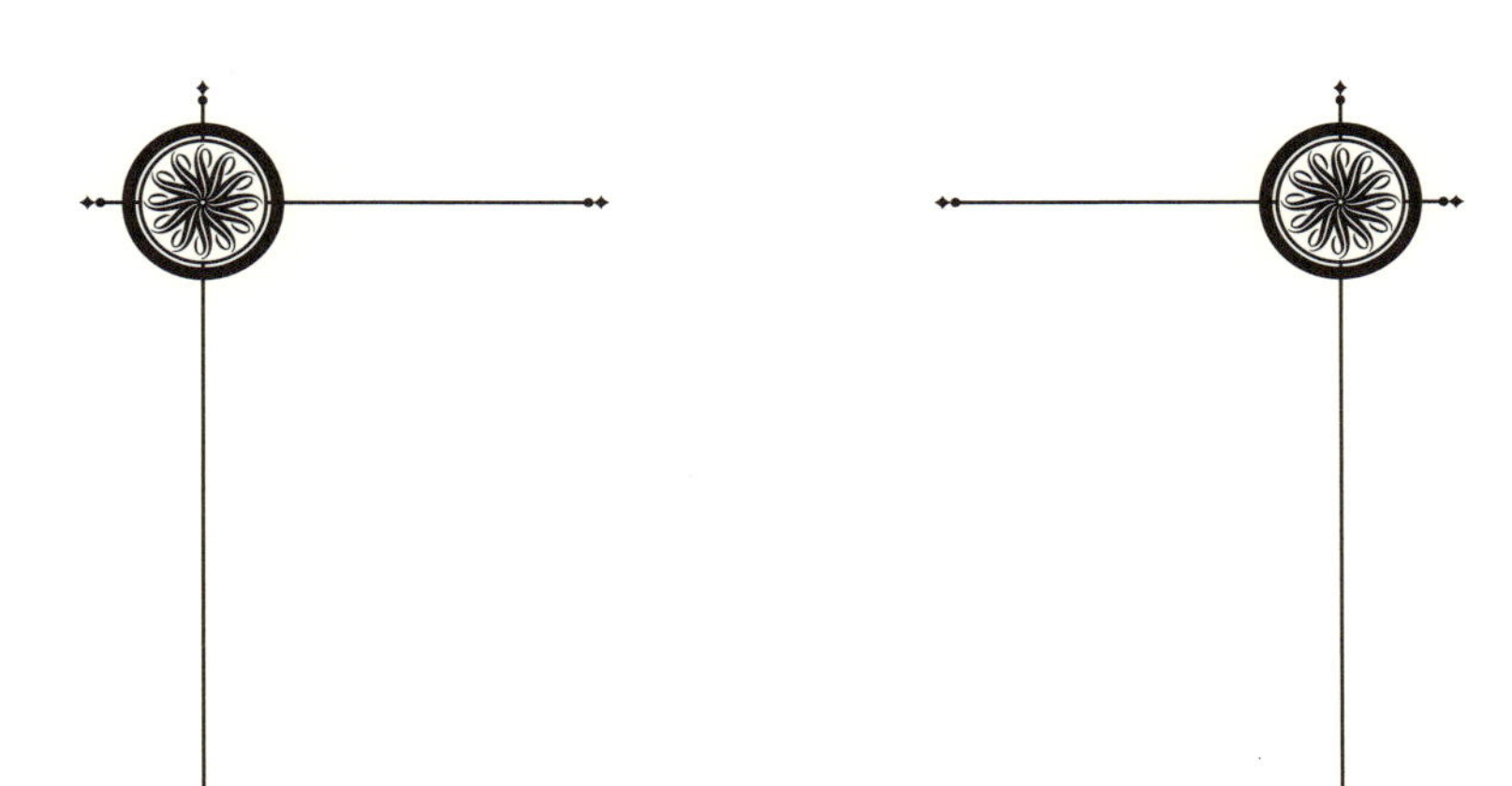

Destiny 2
―遥かなる宇宙(そら)より―

武美 肖佳 *Ayaka Takemi*
龍末 晶惺 *Shosei Tatsumi*

文芸社

目次

登場人物紹介

エドワード・ウォーレン（エディ）　地球連邦軍空軍特別捜査局中佐。

ジャン＝クロード・フランチェスカ　スペースコロニー、キリル州首相。

ダニエル・フランチェスカ　キリル州首相の息子。キリル工科大学三年生。

レオンハルト・ガルミッシュ（レオン）＝ケヴィン・オークランド　士官候補生。

ウィルヘルム・ザルツ曹長＝フィリップ・オークランド　地球連邦軍空軍特務捜査官。

オスカー・アンダーソン教授　ワイネマン工科大学宇宙工学博士。

フランク・ラージェル　キリルの財閥、キュリロス財団会長。

クレア・ラージェル　フランクの妻。

フェリシア・ラージェル
リリアス・ラージェル　フランクの娘たち。

クワメ・プザン　キリル工科大学理事長。

ハッサン・ザーリム　中東の財閥。ＺＳＤ社社長。

デニス少将　地球連邦軍空軍キリル駐留軍司令官。

ヴァン中佐　デニス将軍の幕僚。

ジョージ・ピーターソン元帥（げんすい）　地球連邦軍陸軍総長。レオンの師であり、後見人。

リカルド・ドミニク大佐　地球連邦軍空軍特別捜査局将校。エディの上官。

ガザム　ラージェルの執事、ガード。

ホフマン　ラージェルの秘書、ガード。

メイエン（メイ）・ウェイ、ジェフリー・コンラッド他　キリル友好の会の仲間。

アンドリュー・クレイトン少佐（アンディ）
セルゲイ・イワノフ少佐（セル）
ウォルター・レガルト少尉（ウォル）＝ロイ・ハモンド
　エディの部下たち。

ルーディア・サラン少佐＝マリー先生　エディの同期生。ＭＰの捜査官。

マーク・ミラー大尉＝ノース先生　エディの同期生。レオンの教官。

バーガー・マクマレー少佐、ブラッド・バンフォーク中尉　エディの同期生。

本扉・章扉デザイン　清水 恭子

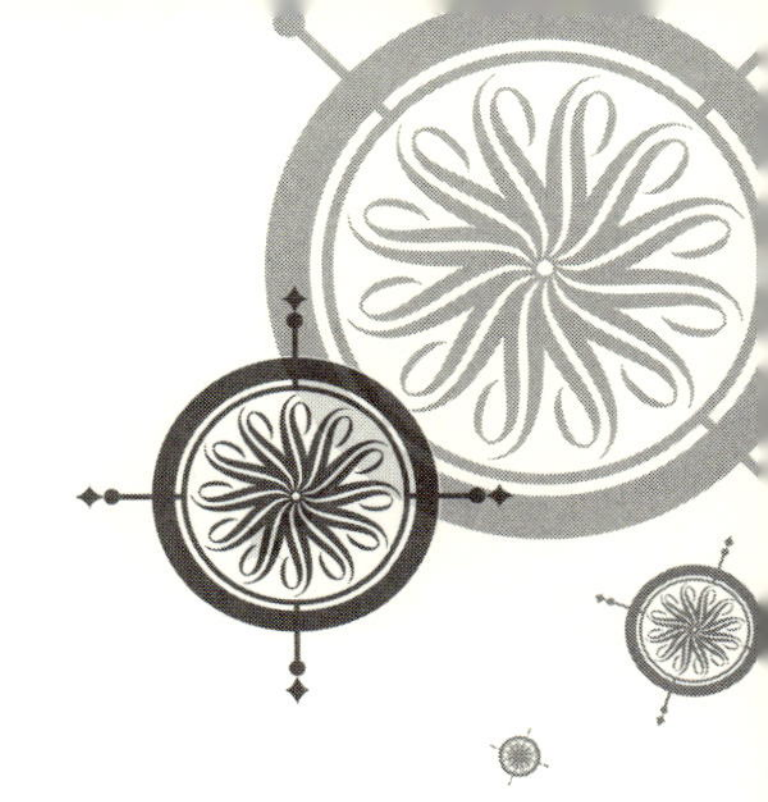

プロローグ

『ダニエル・フランチェスカ
ＡＵ（アフターユニオン）四九四年八月二二日スペースコロニーキリル州州都オリンピア出身。

父はキリル州首相ジャン＝クロード・フランチェスカ。

母はＡＵ五〇二年一一月五日脳腫瘍のため死去。八歳。

（中略）

ＡＵ五〇九年一月、ハイスクール課程を含め飛び級。私立キリル工科大学宇宙工学科入学。一四歳。

現在、私立キリル工科大学宇宙工学科三年生。一六歳。

（他、ＩＤ内容などの記述）』

ディスプレイ画面に映し出されたデータにはワンレングスの長い黒髪、青い瞳の色白な少年の写真があった。

この賜暇（しか）の間、エドワード・ウォーレン地球連邦（テラユニオン）軍空軍中佐――エディは何度もこの個人情報に目を通していた。次の任務地、スペースコロニーキリルで深く関わることになるだろう人物だ。

エディの生年月日は同じ年の八月八日なので、この少年よりも数日早いだけ。母親不在、飛び級で進学という共通点もある。おそらく相当な苦労をして勉学し、若くして大学へ進んだのだろう。宇宙工学はエディも士官学校幼年科時代の好きな科目の一つだった。共通の話題にはなるだろう。

ダニエルの父親フランチェスカ首相は任期一〇年目。それ以前からキリルの副首相としての公務もあり、おそらく親との接点は少なかったのではないだろうか。父のような政治家を目指すのではなく、研究や技師の道を進もうとしているところからも、父親への反目が感じられる。また、それをあえて許している父親にも、ダニエルへの深い理解を感じた。

エディはこの休暇を賜った時、同時にキリルでのミッションを命じられた。そして空軍総長サザンクロス元帥からこう念押しされていた。

ダニエルに友情を抱かせても、自分はダニエルに友情を抱いてはならない、と。

自信はなかった。情に流されやすい、軍人としては致命的な弱点はわかっていた。今回はダニエルを利用してキリル工科大の内情調査をすることも彼の重要な任務のひとつ。その弱点は克服しなければならない。

「エディ、いる？　入っていい？」

若い女性の声がドア越しにした。彼は急いでディスプレイの電源を落とした。

「いいよ、どうぞジェミー」

ドアが開き、ジェミニ・クラークが入ってきた。後見人のダグラス・ワトソンの姪であり、エディの父が一〇年前に起こしたテロ事件で両親を奪われた少女だ。年齢はエディの一つ下である。

「仕度してたんじゃなくて？　明日首都府に戻るんでしょう？　忙しい時にごめんなさい」

「大丈夫だよ。もうほとんど済んでる。君はすぐに謝るね。謝りっこはなるべくやめようって、この前二人で決めたばかりなのに」

「それはお互いさまでしょう？」

二人は顔を見合わせて笑った。

ジェミニは自分の首にかけていたペンダントを取り、おずおずとエディの前に差し出した。

エディが不思議そうに見返すと、ジェミニは一つ頷いて切り出す。

「これを持っていってほしいの」

「でもそれは君のお母さんの形見じゃないか。そんな大切なもの……」

ジェミニは首を振る。

「だからこそ持っていてほしいの。ママはお守りとしてこのペンダントをくれたの。あの時、私は両親と離れてダグおじさんたちといて助かった。その代わり、席を譲った従兄（いとこ）が死んでしまったけど……。ごめんなさい。あなたを責めるつもりでこんな話をしたわけじゃなくて……」

エディは、気にしていない、という風に首を振る。

「今度はあなたにこれをつけていてほしいの。次の勤務地がどこであれ、必ず無事に帰ってね」

そう言うとジェミニはそれをエディの首にかけた。青い石のペンダントトップがなぜか輝きを増したかのように見えた。

翌日、エディは首都府へと戻り、またその翌日にはキリルへと発（た）つ。そしてキリルでのミッションが始まるのだが、その前に物語は追悼式直後、この年の初めへと遡（さかのぼ）る。

第一章　アナザーミッション

（1）

「テロリストの息子、大統領を救う」

地球連邦（テラユニオン）首都府ネオ・ニューヨークのとあるホテルのラウンジで、少年は電子マガジンニュースの一ページを凝視していた。記事に添えられた写真はスーツ姿の青年に抱えられて演台からダイブする地球連邦大統領の姿。背後で演台が砕け散っている。

（やっぱりあの人だ）

少年は昨日のことを思い出していた。

――一〇年前の大晦日（おおみそか）、人工島グレッグソン宇宙空港で起きた惨劇。一〇年という節目の追悼式開催日にまたもやテロ事件が起きた。グレッグソン島へ渡る唯一の橋の爆破、そして演説中の大統領への襲撃。場内はパニックに陥った。

少年は実際にその場にいてそれを見ていた。「あの人」が誰よりも早く反応し、大統領を助けたことを。その人の身のこなしの鮮やかさ、そして息を呑むような、それからの一連の光景。

その只中に自分の身体（からだ）がタイムスリップするような感覚に浸（ひた）っていた時だった。

「やあ君。また会ったね」

少年の隣のソファーに腰を下ろしながら誰かが声をかける。三〇前後くらいの小柄な黒髪の男だ。少年はその顔を見て舌を打ち鳴らす。

「まだ何か用？」

その男とは昨日会っている。あの事件後、会場にいた人々に取材をして回っていたマスコミ関係者の中に彼がいて、執拗(しつよう)に少年に付きまとった。「ユニオンタイムズ」という時事雑誌の記者サブロ・ヒロセと名乗っていた。

「僕の記事、読んでくれてたからさ。よく撮れているだろ？」

「でも僕はマスコミって嫌い」

男は苦笑した。

「なんで？」

「この見出しだよ。レッテル貼り付けるの好きだよね」

「だね。でもこの見出しは僕の仕事じゃない。僕もこういうの、好きじゃないんだ」

「誰の仕事かなんて、どうでもいいし」

「彼のこと、好きなのかい？　目標にしてるとか？」

「何の目標？　僕、軍に入る気ないし」

その時。

「ケヴィン」

二人の背後から太い声がした。ソファーの背もたれの裏側から、口髭(くちひげ)をたくわえた長身の紳士が二人を見下ろしていた。左腕は三角巾(さんかくきん)で吊り下げている。少年は、ほっとしたように口元を緩めた。

「またあんたか。昨日も言っただろう？　息子にまとわりつくな」

ヒロセは肩をすくめた。

「帰るぞ」

紳士に促され、少年は立ち上がる。

「ちょっと待って。少しだけ」

ヒロセは慌てて声をかけた。

「君、レオンハルト・ガルミッシュって知ってる？」

「知ってる。地球連邦の初代大統領」

「同じ名前を持つ、君くらいの子がいるんだ」

少年は首をかしげた。

「いい加減にしてくれ」

紳士の厳しい声にヒロセは苦笑しながら少年に向かって手を振った。

車はショッピングモールの地下駐車場のある一角に停まった。左腕を三角巾で吊り下げた男がＡＩのスイッチを切る。

「尾行はなかったようですね」

二人は車を降りると、近くにあった別の車に乗り込んだ。ここまでこういう形で何度か車を替えてきた。これが最後の乗り替えだった。

男は三角巾をはずし、顔を覆っていた人工皮膚（ひふ）を剥がした。髪には櫛を入れてスタイルを変える。先ほどと人相の違う、年齢も少し上の壮年がそこにいた。

後部座席の少年は目薬を点（さ）してブラウンのウィッグを取った。瞳は茶色からアメジスト色に、髪はプラチナブロンドに変わる。

「その腕、もういいのか？」

少年が尋ねる。

数日前、キリルの富豪フランク・ラージェルが、首都府ネオ・ニューヨークのホテル近辺を散策中、狙撃された。その時、この男が身を張って盾（たて）になったのだ。男は振り返って微笑（ほほえ）んだ。

「ええ。実は掠（かす）り傷です。大げさに見せていただけですから。狙撃手を演じた奴とは、これまでもたびたび組んできた仲ですしね」

　少年は厳しい顔で男を見返した。

「もう、こんなことはやめてくれ」

「心配ないですよ。標的に近づくためによくやる手ですから」

「でも……」

「仲間を信頼することも大事ですよ。そのうち追い追いわかります」

　少年はうつむいた。

「でもありがとうございます。お気持ちは嬉しいですよ」

　男は目を細めて正面を向く。

「ここでいい」

　少年がぼそりと言うと、男は首を捻（ひね）った。

「幼年科まで送りますよ」

「歩いて帰るほうがいい」

「ですが送り届けるまでが自分の役目です」

「困る？」

「ええ」

少年はドアから手を離した。

「じゃあ、先に陸軍本部に回って」

「陸軍本部？」

少年は頷いただけだった。


公営駐車場の一角に車を停めると男は振り返った。

「ここで待っていますから」

少年は帽子を被り、車から降りる。目立つ髪色なので帽子で隠しているのだろう。今はまだ準備段階。「本番」が始まればその髪を染めることになる。それでもあの容貌はちょっと人目を引く。さっきのホテルでの記者とのやり取りも、それが原因の一つかもしれない。

（だけど陸軍本部って？）

少年は空軍志願であると聞いている。士官学校に報告前に、なにゆえに陸軍本部へ？　少年の経歴、生い立ちに思いを馳せ、男は大きく肩を落とした。

（このミッション、あの子のお守りだけでは済まないかもしれない）

一方少年はそのまま歩を進めて、駐車場近くの広大な敷地内の建物に向かった。陸軍総司令部、陸軍本部とも言われているそこは見るからに威厳に満ち、幼い少年の前に立ちはだかっていた。

　ゲートで守衛にＩＤを見せようとしたところで、あたかも自然な流れのように入り口が開いた。不思議そうに見返すと守衛は微笑んで頷く。同じことが建物に入る時にも起きた。

「どうぞ。お待ちです」

　出入り口の守衛が声をかけ、すんなり中に入れてくれた。少年はしかめっ面をして足を踏み入れる。

　その時から誰かの視線を感じていた。不快なほど好奇に満ちた視線。

　向かう先、エレベーターの側にいたのは、海軍将校の軍服を着た長身の青年だった。身分は少佐。その琥珀色の目でじっと彼を見つめている。口元は微笑んでいたが、あまりいい印象はなかった。

　陸軍本部に海軍将校？　それもまだ十代後半くらいの若者だ。その年齢層での海軍将校といえば、知る限り一人しかいない。そしてその噂も耳に入っていた。

（……いやだな）

　さっさとエレベーターに向かおうとした足がふと止まった。脇にある訪問者用のラウンジから若い男の笑い声が響いた。

（あの声……）

一瞬よぎったのは数年前の懐かしい情景。そして懐かしい人の笑顔。

だけどなぜ？　さっきの海軍といい、その人といい、陸軍本部にいるはずのない人物だ。

確かめたい思いが足をそちらへ転じさせかけた。が、あの視線がまだ自分に向けられている。

少年はエレベーターへまっすぐ歩を早めた。若い海軍将校とすれ違う時、微（かす）かに洗いたての髪の残り香が鼻をくすぐった。

（海軍の将校が陸軍本部で昼日中からシャワーでも借りたのか？　なんでまた）

その少佐の好奇に満ちた琥珀の瞳を見返すように顔を上げる。将校は目を細めた。少年は急いでエレベーターに乗り込み、扉を閉じた。

指定されていたフロアに下りてからも同じだった。誰かとすれ違うたび敬礼される。自分はまだ軍人ではない。まだ士官学校幼年科卒業見込みの士官候補生にすぎないのに、この特別扱いは嫌（いや）だ。少年は仏頂面（ぶっちょうづら）のまま歩を進めた。


しばらく時間が掛かりそうな予感があった。陸軍本部に向かう少年の後ろ姿を見送ると、男は少しのびをして、シートに凭（もた）れ掛かった。

少年と出会ったのは去年の一〇月末。このミッションを言い渡されたその直後だった。

男は空軍特別捜査局所属、特務部下士官、ウィルヘルム・ザルツ曹長。今回スペースコロニー、キリルへの赴任を命じられていた。キリルの財界を牛耳(ぎゅうじ)るキュリロス財団会長フランク・ラージェルの身辺捜査が主な任務だが、それにはおまけがついていた。士官学校の実地訓練を兼ねた最終試験の協力である。

顔合わせに来てみれば、相手はまだ子どもだった。幼年科の卒業予定者とは聞いていなかったので、少々面食らったのを覚えている。幼年科だとしても、もう少し年長だろう。彼はまだ初等教育過程にいるほどの幼さだった。二年飛び級しているという。そして今年度の卒業予定は彼一人だと付き添いの教官が言っていた。

少年はレオンハルト・ガルミッシュと名乗った。

その名にますます面食らった。地球連邦初代大統領と同じ名。彼はその子孫であり、代々軍人家系。祖父マイケルは先代の連邦軍総帥であったし、父セオドールは陸軍の将官。現陸軍総長ジョージ・ピーターソン元帥の腹心の部下でもあった。また母方の伯父へスティ・バルグライヴ元帥はアラスカに左遷(させん)中とはいえ、連邦軍参謀総長。たたき上げの下士官に過ぎない自分には気が滅入りそうな、そうそうたる顔ぶれに囲まれて育った少年だった。

だが祖父や両親は数年前に立て続けに事故で死亡。両親の時の事故には少年自身も巻き込まれたと聞いている。軍閥家系の一連の事故ゆえ、今でも巷(ちまた)では陰謀説が流れている。

軍の最高位である者とその家族が絡む事件であるせいか、空軍の特捜機関であっても、下士官にすぎない自分には情報が入ってこない。単なる噂にすぎないかもしれないが、何かきな臭さを感じていた。

少年は父のいた陸軍ではなく、空軍を志望している。卒業試験は宇宙での任務になるそうだ。そのサポートとはいえ、あのガルミッシュ家の人間に自分も関わることになろうとは。

その上あの少年は幼い頃から軍人としての英才教育を受けていたそうだ。その時の教官は現陸軍総長のジョージ・ピーターソン元帥。少年の後見人であるとも聞いている。まだ世の中のこともよくわかっていない幼児期から、軍人になることだけを念頭に教育された子どもとは、末恐ろしいではないか。陸軍本部への立ち寄りは、その親代わりであるピーターソンへの報告のために違いない。

少年の希望が通って空軍に配属となれば、いつか自分の直接の上司になる可能性がないとは言えない。将来は祖父の後継者として連邦軍の頂点に立つかもしれない。

そんな少年が今回のバディだ。思わず溜め息が漏れた。

（2）

地球連邦軍陸軍少佐、陸軍警察MPのルーディア・サランは我が耳を疑った。

「キリル……、ですか？」

目の前で陸軍総長ジョージ・ピーターソンが渋い顔で頷いた。

グレッグソンの追悼式で起きた襲撃事件。実行犯の何人かは射殺、もしくは自身で命を絶ったが、残りは連邦軍によって逮捕。その身許はほとんどがキリルの学生であった。その逮捕に一役買ったのは士官学校幼年科でルーディアの同期生であり、海軍将校のハロルド・バーウィッツ少佐だった。これは作戦の一環だったのだが、彼は不審者として逮捕されていた。MPとして事情聴取し、ハロルドを釈放した直後、ルーディアは陸軍総長室に呼び出された。そしてたった今、キリル行きの任務を与えられたのだった。

陸軍のルーディアは、宇宙勤務は初めてだ。もっとも士官学校の幼年科の訓練は宇宙でも行われた。通常士官学校は陸海空軍別にあるが、幼年科はその区別がない。配属は本人の希望と様々な適正を見て決められる。ルーディアは、父親が陸軍の幹部であり、その父の意向も尊重された陸軍配属となった。

キリルに限らず宇宙においては空軍の管轄(かんかつ)だ。また海軍は宇宙空母などに配属されれば宇宙勤務になることもありうる。陸軍においては特別なミッションでない限り、ほとんど宇宙へ行くことはない。ルーディアが所属するMPは、時として捜査関連で宇宙へ行くことはあるものの、ごく稀(まれ)なことだった。

空軍にも空軍特別捜査局、簡単に特捜局と呼ばれる捜査機関がある。陸軍のMPに当たる部署で、一般の警察任務のほか空軍内部捜査にも当たっている。宇宙での警察任務はほとんどが空軍の特捜局の役目なのである。

今回実行犯の中にキリルに駐留している空軍の将校の存在があった。彼は自身の考えで狙撃犯のグループに加わっていたと証言している。学生テロリストの中に親しくしていた者がいたらしい。がその証言の裏付けは取れていない。学生たちにしても情報収集や資金援助などの支援があるはずだ。黒幕の存在が疑われた。

空軍では一〇年以上前から、キリルの自治行政府やキリルに駐留する空軍にも、疑惑の目を向けており、特務の捜査陣を送り込んでいた。その捜査官たちによると、限りなく黒に近い人間がいるということだ。それも複数。ただその証拠はない。そしてその黒幕たちでさえ、何者かの意向で動いている可能性がある。

実態が掴めていない敵の存在、連邦軍内部の者、あるいは政界財界の大物も加担している可能性がある。そこで連邦軍総帥ハーネス元帥から、陸海軍も捜査協力を命じられた。

ＭＰは年末の連邦政府とキリル自治行政府要人との会議、それに続く追悼式で空軍と協力していた流れで、今回もキリルで空軍をサポートすることになった。

「もう一つ。二月よりウォーレン中佐がキリルに赴く。向こうでは首相や閣僚の護衛担当の近衛部隊の一翼（いちよく）としてだが、それは表向き。特捜局に配置換えになって、実質的な立場はその捜査官としてだ。君は彼の上官ドミニク大佐と共にキリル内の不穏分子の調査に当たるように。ただこれもまた表向きだ。わかっているな」

先日の追悼式。ルーディアには場内の警備以外にも与えられていた任務があった。士官学校幼年科の同期生エドワード・ウォーレン空軍中佐の監視である。彼は一〇年前のテロ事件の犯人の息子。士官学校を首席で卒業した後、数多くの活躍をしたことで注目されるも、いまだ軍幹部の信頼を勝ち得ていない。

命令は絶対。そこに私情をはさむことはできない。わかっている。だが心にまったくの痛みを感じないわけではない。非情になりきれない自分がまだどこかにいる。

ルーディアは大きく溜め息を漏らした。

「何だ？　不満か？」

ルーディアは慌ててかぶりを振る。

「いえ」

その目を覗き込んだピーターソンは、ほんの少し口角を上げる。

「それならいい」

ピーターソンは時計を見た。

「それとキリル絡みで会ってもらいたい人間がいる」

そして意味ありげな笑みを返した。

「そろそろ来る頃だ」

それに呼応するように扉が開いた。その向こうに立っていたのは、アメジストのような不思議な色の瞳を持った、幼い少年だった。

「やあよく来たな。紹介しよう、ルーディア。これがレオンハルト・ガルミッシュ。先の連邦軍総帥マイケル・ガルミッシュ元帥のただ一人の孫だ。今年の幼年科卒試ミッションはキリルが舞台になる。君の任務にも関わることになるだろうからな」

少年は、にこりともしなかった。上目遣いにルーディアを見返す。

愛想の欠片(かけら)も見せない少年に、ルーディアは瞬時に何かを感じ取った。

自分と同じにおいがする、と。

ルーディアが一足先に退室したあと、レオンハルトは眉間に皺を寄せ、ピーターソンを睨んだ。ピーターソンがその顔を覗く。

「どうしたレオン。なんか不満でもあるのか？　それとも卒試、自信がないというのではないだろうな」

「いや。ただマスコミの中に、俺のことに気づいている奴がいて……」

レオンは昨日、そして今朝ホテルでまとわりついてきたユニオンタイムズの記者のことをピーターソンに語った。

「まあ、ガルミッシュ家と言えば、知らない者がないくらい初代大統領から続く名家だ。これからも注目される存在ではあるな。それでなくとも見た目が人目を引く」

「さっきも変な目で見てくる奴がいたし」

「さっき？」

「ここに来た時」

「まさかラージェルの手下がここに入るとは思えんが、もう少し監視の目を厳しくしないといけないな」

「その割に、なんだよあれ。俺のＩＤ、誰も見ようとしなかったぞ」

「おまえが来ることは言ってあるからな。前連邦軍総帥の孫だ。顔パスで十分」

レオンは溜め息を漏らした。

「特別扱いはやめてくれって、前から言ってるじゃないか。それより頼むよ。このユニオンタイムズの記者。キリルまで追っかけてきたら、やばいから」

ピーターソンは頷いた。

「わかっている。実は追悼式の件については、報道管制をかけた。それもしばらく解くこともない。そのヒロセって奴には他の件を追わせるよう、工作させとくよ。他には？」

「それだけ約束してくれたらいい」

「他の報告はないのか」

「なんであんたに報告する必要があるんだ？」

「私はお前の伯父へスティに代わって連邦軍の参謀総長であり、お前の後見人だ。お前のことは知っておく必要がある」

「参謀総長の肩書きはあいつのままだし、あんたに後見人を頼んだ覚えもない」

「だがへスティの左遷はまだ解かれていないし、お前の後見は彼からも頼まれている」

「後見人なんかいらない」

「駄目だぞ。一八歳の成人になるまでは、保護責任者としての後見人が必要。士官学校幼年科の在学規定でもある」

レオンはピーターソンから目を逸らした。いつまでもこうやって縛られるのか。

ふと銀色の翼が目の前に浮かんだ。空軍を志願したあの時の翼を。

(飛びたい)

その翼の側にいた屈託のない笑顔と共にいつか……。そのためにも今度の卒業試験は絶対パスしなければ。

少年はもう一度心の内で呟いた。

(飛びたい)


「納得できません」

ユニオンタイムズのオフィス。ヒロセは目の前の編集長に咬みつくように身を乗り出した。

「報道管制というなら記事にはしません。しかし取材も許されんのですか」

時事雑誌の編集長タクミ・ホンゴウが頷く。

「んな、ホンゴウさんともあろう人が、官憲の圧力に屈するなんて」

ホンゴウ編集長は目を伏せてヒロセの肩に手を置いた。

「今は焦るな。兄貴の二の舞になるつもりか。あの坊やは、ただ一人の目撃者。不用意に近づいて、お前だけではない、坊やまで消されてしまったら全ては闇の中なんだぞ。今は幼年科の保護下だ。その実習かなんかしらんが、きな臭いキリル絡みなんだろ？　お前一人で太刀打ちできるような状況にない。これからもチャンスはある。時機を待て」

ヒロセは肩を落とした。

ヒロセの兄も記者だった。数年前グレッグソンのテロ事件の謎を追っている最中にビルの屋上から転落死。争った形跡がなく、遺書らしきものがモバイルに書き込まれていたことから、自殺とされた。現場は離れているが、ガルミッシュ前総帥の息子夫婦の事故の直後でもあった。

何者かによって事実が捻じ曲げられている。ジャーナリストの勘、そして身内の思いがそう告げている。だからこそ知りたい。その時何があったのかを。

だがその手がかりとなる少年を見つけた直後、彼は社に呼び出され、別件の担当を命じられたのだった。

「時機っていつですか。そんないつ来るかわからないようなもの、待っていられません」

ホンゴウは小さく笑みを浮かべた。

「そう言うと思ったよ」

扉が開いて二人の大柄な男が入ってきた。ヒロセの両腕を捕らえる。男たちの腕に吊り下げられるようにヒロセの足が浮き上がった。

「え？　ホンゴウさん……」

「悪いな、サブ。頭を冷やしてからもう一度、ここに来い」

「ホンゴウさん、まさかあんたまでそんな……」

　ヒロセは宙吊り状態のまま部屋から連れ出される。ホンゴウは顔色を変えることもなく、それを見送った。

(3)

「そこのあなた！　あなたの理想郷はどこですか？　一人一人の夢の楽園。どんな人でも夢をかなえられる場所。『そんなものこの世にあるわけないさ』と、言いたそうなお顔ですね。いいえ。あるんですよ。あなたの理想郷となりうる場所が。どこだって？　それはスペースコロニー、キリル。宇宙にある、まさに天国に一番近い場所。キリルはまだまだ発展途上の地。これからすばらしい楽園となっていくのです。そう。あなたの手で理想郷を築いていけるのです。誰にでもそのチャンスがあります。さあ、今すぐ居住権をゲットして、理想郷の住人になりましょう。お問い合わせは、こちらまで」

ＡＵ暦五一一年一月二日、地球連邦首都府ネオ・ニューヨークの空港。待ちあわせロビーの壁面の大スクリーンの中では、美しい自然と街並みをバックに、一人の男が語り掛ける。容姿端麗、美声の持ち主。ＣＭ好感度ナンバーワンの俳優だ。政府広告だというのにスクリーンの前方席は若い女性の一団が占拠している。

「キリルのこと、言ってるよ」

幼い声がロビーに響いた。

大画面の前を占領していた若い女性の一団が振り返ると、ロビーの入り口に幼い二人の少女と、その母親らしい女性がいた。少女たちは姉妹なのか、おそろいの水色のコートを着ていた。

そのうちの小さい方の少女が、母親と思われる、連れの婦人の背後に隠れた。

「あまり大きな声を出してはだめよ、リリアス。大勢の人が観ているんだから静かにね」

リリアスという、その子はこくんと頷いた。

「もう少ししたらパパが迎えに来るから座って待っていましょうね」

優しく微笑みかけると、その婦人は空いたベンチソファーに子どもたちをいざなった。

「パパ遅いね。来てくれてると思ったのに」

リリアスが呟く。

「パパはお仕事で地球に来てるの。わかってあげてね」

母親は上の子とリリアスの間に座った。今度は上の子のやわらかそうな金髪を撫でながら尋ねる。

「フェリシアも疲れちゃった？　地球へ来てからあまりお喋(しゃべ)りしないわね」

「何か違うんだもの、キリルとは。それにこれまでずいぶん待たされたし」

母親はフェリシアの頭を抱き寄せた。

確かにここは、自分たちの住んでいる場所とは違う。ミラーパネルでない自然の空があり、直接浴びる日の光や、人工でない風、人の数もまるで違っている。スペースコロニーしか知らない子どもたちには、すべてが初めての体験という年末年始休みだった。その上一昨日——大晦日の首都府のイベントで起こったテロ事件の後だ。予定では年明けの昨日到着するはずだったが、出先の西ユーロ州で足止めされ、ようやく首都府に到着できたものの、こちらの空港でもゲートを前に待たされた。疲れるのも無理はない。

彼女は後悔していた。子どもたちはキリルに残しておいた方がよかった。いや、自分自身もこちらに来なければよかった、と。

「……ではグレッグソンのテロ事件の続報です」

目の前の大画面はニュースになっており、スクリーンの前を占拠していた女性たちは、いつの間にかいなくなっていた。

画面ではグレッグソン島に渡る橋脚を背にした記者が、一昨日のテロ事件についてリポートをしていた。

グレッグソン島で連邦政府主催の追悼式。大統領の演説中にその橋脚が爆破され、大統領が狙撃された。幸い護衛のおかげで大統領には大事なかった。しかし警備にあたっていた軍人が十数名死亡。また犯人と思しき者も二名死亡。今なお逮捕された容疑者らは取り調べ中。事件の詳細や犯人グループについては発表されていない。

犯人グループの中にキリル駐留空軍の関係者がいたということは事件の当初複数のマスメディアが伝えていたが、昨日の夜からぱったりとその情報に触れることがなくなった。

画面の中のレポーターは、大統領を救ったのが一〇年前グレッグソンで起きたテロ事件の犯人の息子であるということを伝え、当時の事件のあらましを語っていた。

一〇年前のその日、その時。

AU五〇〇年一二月三一日。五〇〇年の終わりの日、連邦暦五世紀の最後の日だ。日付が変わると同時に新たな世紀の幕開けとなる。

その日、連邦各地でその時刻に合わせて盛大なカウントダウンのセレモニーが予定されていた。どこもがお祭り騒ぎで人々はうかれていた。

その頃、地球連邦は暗黒時代と呼ばれていた。二〇年近く続く不況、政治家たちの悪政などで邦民の不満は高まっていた。あちこちでテロ事件が頻発(ひんぱつ)し、暴動なども起きていた。が、そんな時代であった分、余計に新しい世紀への期待も大きかったのだろう。

こういった背景の中で起きた事件だった。

一二月三一日、連邦首都府ネオ・ニューヨーク午後一〇時。

時差の関係で、すでにほとんどの地方行政区からカウントダウンの中継が届き、ここネオ・

ニューヨークもその時を待ちかねていた。

海上方面の一角から、ドーンという爆音が轟き、夜空を赤く染めたのだ。はじめ多くの市民は何かのイベントではないかと思ったという。

が、それは戦闘機による自爆テロだった。

襲撃されたのは、グレッグソン宇宙空港。宇宙ステーションやスペースコロニーなどの宇宙空間居住区や軍事基地のある月、開発中の火星などと首都府を結ぶ重要な施設だった。現在はアーリン宇宙空港が別に開かれているが、当時は海上埋め立て地のグレッグソン宇宙空港が、地球側唯一の宇宙への窓口だったのである。

その時、そこでは地球連邦中央政府と地球連邦軍主催のカウントダウンイベントが進行中であった。当時の連邦大統領を含めた閣僚や、招待されていた各自治州、地方行政区の首脳、一般の招待客もいた。死者三八五名、負傷者七一八名という大惨事だった。

格納庫内からは手足を縛られた空軍パイロットが見つかった。彼の証言から犯人が判明。パイロットの傍には、その犯人からの犯行声明の入ったメモリーチップが置かれていた。

「根元の腐った連邦政府に天誅を加える」

そのメッセージを残したのはロバート・ウォーレン元空軍大佐。月の連邦基地司令官の幕僚であったが、事件の八年前に退役。その後、妻と共に消息を絶っていた。彼がなぜ軍を辞め、なぜテロリストになって戻ってきたのかは、今もって謎である。このイベントには軍の幹部も多数参加していたのだが、一人の犠牲者も出ていないことや、この時死亡した大統領と軍との間に確執があったことなどから、軍の陰謀説も囁かれ続けている。事件の真相は一〇年たつ現在も明らかになっていない。

「グレッグソン宇宙空港は、その後……」

　事件の概略を述べた後リポーターは静かな口調で語っていた。

「このいたましいテロの犠牲となった人々のための共同墓地、聖地となりました。一〇年目に当たる一昨日の大晦日、その追悼式にあの悪夢が甦ることになってしまったのです」

　自分の髪を撫でる母の手がいつの間にか止まっていた。フェリシアは上目遣いに母の顔を見た。その頬には二筋の涙の跡があった。

「……さあ、今すぐ居住権をゲットして、理想郷の住人になりましょう。お問い合わせは、こちらまで」

　画面には、そのコマーシャルに見入る若い女性たちの表情が映し出されていた。

　地球連邦中央政府大統領は、画面にリモコンを向けて電源を切る。

　キリル首脳陣が帰途についた直後から流れるキリル土地切り売りのための政府広告。しかし主なところに設けたビジョンを見る限り、若い女性たちがタレント目当てで観ているといった具合だ。

ＰＲ動画は数日前の全自治州首脳会議前にはすでに用意されていた。キリルに地球出身企業の誘致方法を決める会議前ということになる。決定すればすぐにでも流せるように。

地球上の人口や環境問題などの解決のためにキリルはうってつけの場だ。キリルには連邦が昔買い取った土地も十分残っている。それを切り売りすることで宇宙開発の費用に回せる。

現在キリルは人口三万人ほど。一〇万人が居住可能なわけだから十分な余裕がある。また、自然環境豊かなキリルはリゾート地としても使え、観光産業も期待できるだろう。人が増えれば、キリルで事業を考える企業も出てくる。長い不況にあえぐ経済の活性化も期待することができるはずだ。

しかし当のキリルは受け入れに慎重であり、これ以上の人口流入を良しとしなかった。キリルでは移住が半世紀以上たち、コロニー生まれで地球を知らない世代も増え、連邦からの独立を望む声も高まっている。

キリル要人たちは、今回の会議でそのことを訴えてきたものの、地球上の自治州の多数意見に押し切られる形で決定を持ち帰ることになった。地球上のほとんどの自治州が、自分に火の粉がかからないことで賛成に回ったのだが、キリルは疎外感を強めていないだろうか。不満がくすぶったままであれば、キリル側に独立の動きが加速する要因となるかもしれない。だが独立は認められない。一つ認めれば他にも独立を望む州が出てくるだろう。連邦の形態は崩れ、国境をめぐっての戦争が繰り返された時代に逆戻りだ。

首相のフランチェスカはまだ穏健派ではある。しかしまだまだこれからも話し合う必要はありそうだ。

大統領は首脳会議での記念写真を見ていた。自分は中央で笑みをたたえている。キリルのフランチェスカ首相は隅に立ち、その顔に笑みはなかった。

（4）

　AU五一一年一月五日、地球を発った民間のスペースシャトルフェニックスは、順調にキリルへ向かっていた。

　キリル――宇宙空間に浮かぶ移住を目的としたコロニー。地球のアーリン宇宙空港から一日一便出ているスペースシャトルで五日、軍用の高速シャトルで三日の距離にある。長旅ゆえシャトル内はちょっとしたホテルのような造りだ。

　キリルの建設に当たったコンツェルン、キュリロス・インターナショナルを母体とするキュリロス財団の現会長職にあるフランク・ラージェルは、前年末から今年初めの所用をすませ、キリルへの帰途についていた。同行者は妻と娘二人、秘書一名、若い執事一名。

　資産家の彼はロイヤルスイートの個室を二つとっていた。一つは家族との団欒（だんらん）に、一つは秘書や執事のための部屋。ラージェルはこちらで仕事をすることもあった。

　キリルで育った幼い娘二人は、地球旅行は初めての経験だった。年度末と新年の休暇を利用して、父の出張に便乗しての旅行だった。首都府の仕事に追われる父親とは別行動で、母親と三人、あちこちへ足を延ばしてきたらしい。が、それは妻や娘をあのテロ事件に巻き込まないためのラージェルの配慮でもあった。

「それでね、パパ。西ユーロへも行ってきたのよ。ママの故郷なんだって。古いお城やきれいなお庭がいっぱいだった。ママのパパとママのお墓参りもしてきたの」

今年初等科入学の次女、七歳のリリアスが得意げに報告してくれる。

妻のクレアは地球の生まれだ。

「それはねえ、リリアスのおじいさんとおばあさんだよ」

「うん知ってる。ママに聞いたもん。パパが知らないと思って教えてあげてるの」

「そりゃあ、ありがとう」

おどけて答えるラージェルの側でクレアが小さく笑い声をもらす。

「どうだった？　故郷は。一〇年ぶりなんだろ？」

「ええ。懐かしかったですわ。でも一〇年もキリルにいると、キリルの空気に慣れてしまって、少しくたびれちゃったわ」

「フェルはどうだった？　楽しかったかい？」

ラージェルは、さっきから黙ったままの長女フェリシアに尋ねた。

フェリシアは家族と離れ、窓際で遠のいていく地球を眺めている。父親の問いかけにも振り向くことはなかった。

ラージェルは一つ溜め息をついた。来月一〇歳になるこの娘とは、最近会話も進まず壁を感じている。

「フェル、パパが尋ねているでしょ?」

クレアが注意すると、ラージェルはそれを遮(さえぎ)った。

「長い船旅だ。退屈なんだろう。どうだね、フェル。リリアスと船内を見てきては。午後からラウンジで、ミニ音楽会をするらしいよ。子ども向けのテレビ番組の曲もあるらしいから」

「ほんと?」

反応したのはリリアスだった。

「お姉ちゃん、行こうよ。プーキーポーキーの歌があるかもしれないわ」

「プーキーポーキー? なんだね、そりゃあ」

ラージェルの疑問をよそに、リリアスはフェリシアのところへ駆けていき、その手を取って二人で部屋を出ていった。

残された夫婦は顔を見合わせて笑う。

「どうだね、後で一緒に行ってみるか?」

クレアはかぶりを振った。

「ごめんなさい。少し休みたいわ」
「かまわんよ。ディナーまで一寝入りしておきなさい」

船内に軽快なメロディーが流れていた。若い女性がキーボードを奏でている。ラージェルは秘書と若い執事を伴ってラウンジに来ていた。席はほとんど埋まっていたので外から覗いてみる。娘たちは前列中央を陣取っている。その両隣の席を見て、ラージェルは顔色を変えた。

キリル工科大の理事長クワメ・プザンと、砂漠の自治州アルデランの実業家ハッサン・ザーリム、そして彼の会社でよく見かける女性秘書がいた。

数日前、プザンとザーリムは、一〇年前の首都府で起きたテロ事件の追悼式に来賓として出席していた。

プザンは犠牲者遺族。当時彼の父はキリル首相。妻同伴でイベントに出席し、二人とも犠牲となった。そして昨年末の襲撃事件の学生テロリストの養成も陰でしていた。ラージェルの手駒(てごま)でもある。彼がキリルへ帰るのはわかるが、地球の実業家であるザーリムがなにゆえ共にいるのだろうか。そのことにいくらかの不審が芽生えた。連邦政府が地球の企業をキリルに誘致し始めていることとも関連あるのだろうか。

ラージェルのキュリロス・インターナショナルはキリルの一大グループ企業。キリルのほとんどの会社がその傘下にあると言っていい。その財力でキリルの産業を動かしている。プザンが理事長を務めるキリル工科大にも多額の援助をしていた。

一方ザーリム。彼は砂漠の自治州アルデランを本拠地とするザーリムスペースディベロプメント、略してZSD社の代表取締役社長。火星や月などの開拓に大きく貢献している。表でも裏でも、ラージェルにとってライバル的な存在。キリルにもその手を伸ばそうとしているのか。ザーリムがプザンの側にいるのも気に掛かるが、娘たちの側に張りついているのは、それ以上に不快だった。音楽を楽しむどころではなく、苛々(いらいら)としたまま、彼はその場に立って最前列の席を凝視していた。

「では次は小さなお客様が多いようですので、皆さんが大好きな『プーキーポーキー』から。どうぞ一緒に歌ってくださいね」

最前列にいたリリアスが嬉しそうに手をたたいていた。明るいリズミカルな曲が流れだす。場内の子どもたちが声を揃えて歌いだす。何だかわからないが今流行(はや)りの曲らしい。

だがラージェルの耳にはその曲が入ってこなかった。傍にいる秘書に耳打ちする。

「あいつら、やはり何か企んでいそうだな」

「調べてみますか?」

「頼む」

秘書は一礼してその場を立ち去った。

（5）

機内のアナウンスが故郷への着陸態勢に入ることを告げた。レオンは雲間から見える島々を見下ろす。首都府から故郷までは六三〇〇キロ余。しかしレオンにはそれ以上に長い距離に感じる。

レオンの故郷は北ユーロのスカンジナビア州の自治区スウェーデン。区庁のあるストックホルム近郊の小さな街ヴァクスホルム。世界最終戦争で水没した島の名をつけられた森と湖の街だ。

世界最終戦争の折、ここスウェーデンも例外なく戦禍を被り、美しかった風景の多くや歴史的建造物も破壊されてしまった。当時の首都であったストックホルムをはじめ水没した地域もかなりある。何世紀もかけての復興が実り、かつての姿のいくらかを再現し、自然豊かな観光地として甦った。その際かつての地名を残そうと再び名付けられた地域は多い。正確には位置的にずれていることもしばしばで、これはスウェーデンに限らず、地球上の多くの地域に言えることだった。

ストックホルム空港からはタクシーを拾った。水上でも使えるタクシーでも家まで半時間はかかる。

「坊っちゃん、ガルミッシュ家のレオンハルトさんかい？」

タクシーの運転手が声をかけたがレオンは黙っていただけだった。

やがて両脇に針葉樹の森が広がる人気のない地域に差し掛かった。そこでタクシーを降りてレオンは大きく深呼吸をした。冷たい空気が胸の奥に入り込んでくる。体のすみずみまで浄化されるような気がした。

しばらく徒歩でその道を行き、やがて石造りの古風な屋敷の前で、足は止まった。屋根を見上げてレオンはしばらくそこに佇んでいた。

士官学校での初めての夏季休暇以来、ここへは帰っていない。あの忌まわしい事故のあったあの時以来。卒業試験ミッションが始まる前に身支度などのため二週間の休暇が出る。しかしもともとここへ帰ってくるつもりはなかった。

レオンハルトは九月生まれ。士官学校幼年科は八歳になる年の一月に入学なので、彼は満七歳の時に入学した。士官学校入学時には、すでに有名人。将来は総帥、あるいは先祖と同じく大統領かと、注目される存在だった。

しかし士官学校初年度の六月。祖父マイケルが飛行機事故で死亡。その後夏季休暇の帰省中に両親と共にレオンは自動車事故に遭った。その折両親を失い、彼自身も重傷を負った。ここへ帰ればいやおうなくあの時の記憶が甦る。それが怖かった。

（だけど……）

レオンは一人頷くと、呼び鈴を鳴らした。すぐにドアが開く。

「レオン坊っちゃま！」

懐かしい顔がそこにあった。初老の温厚そうな紳士が満面の笑みを浮かべて彼を迎え入れた。

「よく……、よくお帰りくださいました。ピーターソン様から、二週間の休暇があると連絡は受けておりました。お帰りになるのかもと心待ちにしていました。お電話くだされば、お迎えに上がりましたのに」

「ただいま、リチャード。突然にごめん」

「何をおっしゃいます。ここはあなた様の家でございますよ。さ、お入りください。お元気そうでほっとしました」

「留守中ありがと」

コートや鞄（かばん）を預かろうとするリチャードに、いらないと身振りで伝えると、レオンはそのまま自室である二階に上がりかけた。その時奥の方から慌ただしい足音が近づいてくる。

ふくよかな老婦人が、くしゃくしゃに顔を歪（ゆが）め、手を広げて飛び込んできた。

「レオン坊っちゃま！　レオン坊っちゃま！」

あとは声にならず、しっかりとレオンを抱きしめる。

「ただいま、マーサ……」

リチャードは祖父の代からガルミッシュ家に仕える執事。現在はこの屋敷をはじめとするレオンの財産管理もしている。マーサはレオンの父セオドールの乳母(うば)であり、幼い頃に母を亡くしたセオドールの母親代わりでもあった家政婦長。実の祖母の顔を知らないレオンは、マーサを祖母代わりに育った。

かつては料理人やメイドなど住み込みの使用人が何人もいた。しかし屋敷の主たちの事故死、幼くして当主となったレオンも首都府の寮住まいとなり、家族がいないこの家に留守居役として残っているのはリチャードとマーサ、この二人だけだった。

「大きくなられて……」

マーサは笑みを浮かべながら、涙で濡れた顔でレオンを見つめた。

「ピーターソン様から連絡をいただいて、今日お帰りか、明日お帰りか、とお待ちしておりましたのですよ」

「……」

「お元気そうで何よりでしたわ。ちょっと一息入れてくださいな。今お茶をお持ちします」

マーサはそう言うと、出てきた時と同じように慌ただしく奥へ駆け戻っていった。

「相変わらずだな、マーサは。部屋にいるって言っておいて」

リチャードを残しレオンは自室への階段を上った。それをリチャードは悲しげに見つめていた。

あどけない笑顔で、自分からリチャードたちの懐に飛び込んでくる、というのが以前のレオンだった。幼い頃から軍人の英才教育を受けていても、それを遊びの一つのように感じていた。朗（ほが）らかで明るい子どもらしい子どもだった。

あれから二年半になる。ガルミッシュの家とレオンのすべてが変わってしまってから。すべてを乗り越えて前に進むにはまだまだ時間がかかる。それでも、無理してでも、踏ん張って乗り越えないといけない。小さな体でかなりの無理をしているようにリチャードは感じたのだった。


自室は清掃されているものの、以前のままだった。レオンは鞄を床に置いて棚の上の写真立てを見つめる。

一つは満面の笑みの将官と美しい婦人、そして自分の写真。最後に撮った家族写真だ。もう一つはいくつもの勲章（くんしょう）を誇らしげにつけた軍服姿の初老の紳士。祖父マイケルの連邦軍総帥の頃の肖像だ。

レオンはこの祖父を誇りに思い、いずれは軍人になるのだと、物心ついた頃には決めていた。ピーターソンから軍人英才教育を受けるように勧めたのも祖父だ。両親はもっと大きくなってから自分の判断で決めさせたいと言っていたそうだが、レオン自身幼くて何の疑問も持たずにそれを受け入れた。士官学校の幼年科入学もレオンの中では当然の流れだった。

その祖父も両親も今はいない。自分の中に敷かれたレールはそのまま存在している。

だけどその先の進路だけは自分で決めた。

レオンは鞄から一組の古びたパイロットグローブを出すと、それを手に握りしめた。この道だけは誰に決められたものでもない。祖父のいた海軍でも、父のいた陸軍でもない空軍。このグローブが導いてくれた答え。

ノックがしてレオンは現実に戻された。扉を開くとマーサが笑顔で立っていた。

「坊っちゃま、お茶をお持ちしました」

「ありがとう」

マーサはベッドのサイドテーブルにポットとカップ、焼き菓子をのせたトレイを置いた。

「今夜は坊っちゃまの大好物レインディア（トナカイ）シチューにしますわね」

レオンは小さく微笑んで頷いた。

「リチャードやマーサも一緒だよね」

「まあ、よろしいんですか？」

「一緒がいいんだ」

「ええ、ええ。私どもも」

マーサはとても嬉しそうに退出していく。レオンは少しだけ口元を緩めた。


昨夜今年の初雪が降ったらしい。庭に出てみると、母の育てていた冬の花々にうっすらと雪が積もっていた。それをいくらか切って束にした。白く化粧した小路を通りレオンは家の裏手にある小高い丘に来ていた。

レオンにどこか似ている紳士の胸像が彼を迎えた。台座には地球連邦初代大統領レオンハルト・ガルミッシュとある。

ガルミッシュ家の墓地だ。先祖代々の墓碑が並んでいる。その中の一番新しい墓碑三基。それぞれに祖父マイケル、父セオドール、母エリノアの銘が刻まれている。

「……ただいま」

三つの墓石に積もった雪を払い、花を手向ける。そして長い間黙したまま墓標を見つめていた。

祖父の事故は士官学校に入学したばかりの頃、その日の訓練終了の時間かされた。祖父はほとんどスウェーデンに帰ることがなかった。最後に会ったのは士官学校の入学式。同じ首都府にいても、祖父は会いには来なかったし、レオンも士官学校から出ることはなかった。あの夏の休暇まで。ガルミッシュ家のみならず地球連邦でも大きな存在の人であった。いなくなったという実感がわかないまま、その現実を突きつけられた。

両親の事故死もそうだ。ただ一度帰省した夏の休暇。父の運転で母と自分と三人、どこかへ向かっていた。行先は聞いていない。ブレーキが効かないまま車が崖(がけ)を転落。その途中自分だけが放り出され、両親は車とともに崖下へ。記憶にあるのはそこまで。気づいた時は病院のICUのベッドの上だった。両親の死は個室に移れるようになってから聞かされた。彼が助かったのは、通りがかった人が助け、通報してくれたからだそうだ。しかしその人が誰だったのかは、誰も答えることができなかった。両親の葬儀はレオンの意識がないうちに軍によって執り行われた。

祖父にしても、両親にしても、レオンは実感がわかぬまま、彼らの死を受け入れなければならなかった。

こうして三人の墓に向かっても、心のどこかで受け入れていない自分がいる。レオンはまだ泣くことすらできなかった。

そんな彼の耳に雪を踏む音が近づいてきた。振り向いた目に映ったのは……。

「あんた、誰?」

レオンは神聖な場所を汚された怒りを覚えた。

数日前に首都府で会ったユニオンタイムズ誌の記者ヒロセだ。しかしあの時はケヴィンという少年としての出会いだった。今は逃れようもなくレオンハルト・ガルミッシュだ。

「やあ」

ヒロセはにこやかに笑みを浮かべて近づいてくる。手には花束を抱えていた。

「やっぱり、君、レオン君だったんだ」

「何のこと?」

ヒロセはくすりと口元を綻(ほころ)ばせる。

「ま……、いいや。君にも都合っていうのがあるんだろうから。大事なカリキュラムの一つなんだろうし、邪魔はしないよ。上司からも言われてるしね」

ヒロセは墓地に足を踏み入れると、レオンの目の前の両親の墓に花束をそっと置いた。しばし黙祷(もくとう)して、レオンに向き直る。

「僕は君のご両親の事故を追っているんだ。僕の兄も記者でね、君のお父さん同様グレッグソンのテロ事件を調べていた。僕の今の上司と一緒に。そのさなかにビルの屋上から落下して

「……」

レオンはヒロセを睨みつけるように見上げ、しかし何も言おうとしなかった。

「兄は自殺とされたし、世間では君のお父さんの死もいろんな噂がまことしやかに流れているけれど、僕も上司も納得できなくて。だから自分で調べて真実に辿(たど)り着きたいって思っているんだ。君もそうじゃない？　あの事故の真相、知りたいだろう？」

どう答えていいかわからなかった。

噂はいろいろある。車の整備不良か父セオドールの過失による事故というのが現在の公式発表。だが、軍の派閥争いなどに絡んだ陰謀説、グレッグソン事件自体が何かの陰謀、それに気づいたために消されたなど、どれもが真実のように言われている。

レオンもあの事故以降、何度も軍の事情聴取を受けた。当事者であり、一番間近で目撃したのは彼だった。しかし覚えていることはほとんど参考にはならない程度のことだ。彼を助けた通りがかりの人物が何か目撃したかもしれないが、その人もまだ見つかっていない。

「世間で言われていることはどれも憶測から出た噂だ。軍も都合のいいシナリオを描いてそれを公表するだろう。マスコミも面白がって勝手な推測で、いつの間にかミスリードの役割を果たしてしまう。真実は自分で調べるしかないんだよ」

ヒロセは一人頷く。

「それでね、君と取引したいんだ。今度の君のミッションは邪魔しない。僕の得た情報を君にも伝える。その代わり、君が正式な軍人になって何かを掴んだら、僕にもその情報を教えてくれないか」

レオンはしばらくじっとヒロセを見据えた。

「今は……、約束できない」

「うん、わかるよ。迂闊には言えないよね。だけど君も何かのミスリードに惑わされて事件の真相を捻じ曲げないように、意識してほしいんだ。これからちゃんと軍人としてやっていくつもりなら」

レオンは首を縦に振った。

「一つだけ今わかっていることを教えてあげる。それを聞いて君がこれから軍の中でどうしていくか、考えるといいよ」

何かをヒロセの目が訴えていた。レオンの背丈に合わせて屈むと、そっと耳打ちする。

「君の両親の事故には、君の士官学校の先輩の誰かが絡んでいるらしいよ」

（え？）

レオンはヒロセを見返す。ヒロセは何度も頷き、そして姿勢をもとに戻すと、レオンに手を振った。

「それじゃあね、いい旅を」

踵(きびす)を返して去っていくヒロセの背中を見つめながら、レオンは今聞いた言葉を何度も何度も頭の中で繰り返した。

思わせぶりなその言葉。

士官学校の先輩……。

「誰かって誰だ」

(ああ……。ここだ……。ここも変わっていない)

森に囲まれた小さな湖。鏡のように向こう側の森と真っ青な空が湖面に映りこんでいる。こちら側には広場があり、そこでよくピクニックしたものだった。

墓地を後にしてレオンは丘の別の場所に来ていた。そこもガルミッシュ家の私有地で、外部の人間は滅多に入ってこない。

けれどあの時。あれはあの事故の前日だった。

両親の留守中レオンは一人ここに来ていた。ここでは聞かれることのない、戦闘機の音が聞こえたからだ。

こちら側の広場に一機の戦闘機が翼を休めていた。滑走路を必要としないタイプのだ。流線形のフォルム、すべらかな銀色の翼は今にも空に舞い上がりそうで、思わずレオンは見入ってしまっていた。これに乗れたら自由に空を駆けることができる。何もかもを下に置いて、高く高く、どこまでも。

そしてその傍にいた少年。淡い金髪が機体の銀色に負けないくらい光り輝いていた。自分を見つめる鳶色の瞳は穏やかで、どこか寂しげだった。そのたくましい腕が自分を持ち上げ、コクピットの中へと入れてくれた。

エドワード・ウォーレン——自分には翼そのものに見えたあの人。束の間ではあったが、あの悲劇の前の喜びに満ちた体験だった。

(……だけど……)

さっきのヒロセの言葉がふと頭を掠めた。

(なぜあの時、あの人は、あそこにいたんだろう)

思考が停止する。レオンはかぶりを振った。

(やめよう。何もかも憶測でしかない。ミスリードに惑わされるなって、あの記者も言っていた。それより目の前のことだ)

数日後にはレオンはケヴィンという少年になり、キリルに向かう。そのミッションを無事にクリアしなければ、その先の夢は叶えられない。

レオンはコートのポケットに手を突っ込むと、そこに忍ばせていたパイロットグローブを力強く握りしめていた。

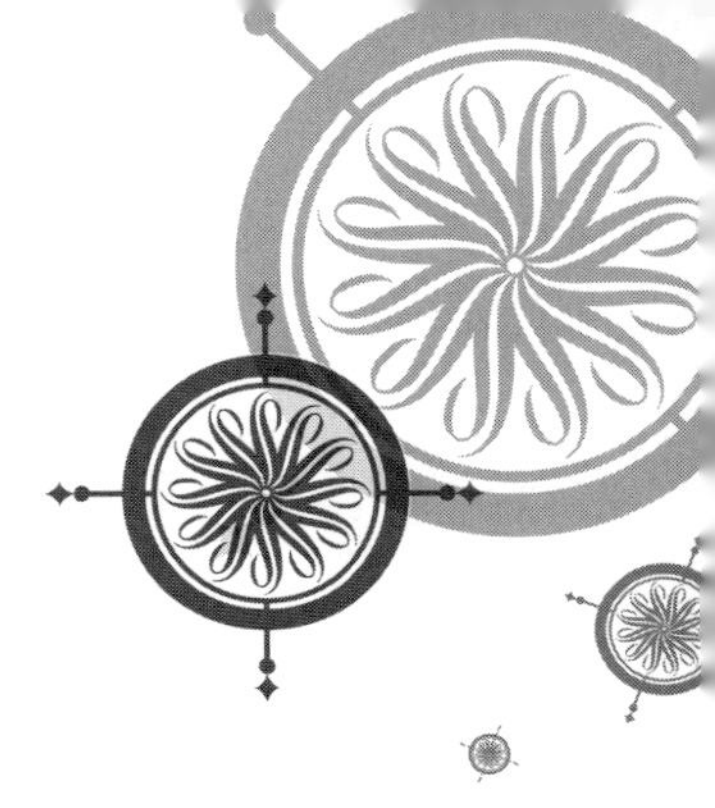

第二章　首相の息子

（1）

スペースコロニーキリルは地球連邦（テラユニオン）を構成する自治州の一つとされている。

自治州とはＡＤ暦（アノウドミナイ）までであった国家規模の単位だ。地球連邦全体を統治する役目は、大統領を頂点とする連邦中央政府と邦民代表による二院制連邦議会が担う。それに対し自治州はそれぞれ独自の地方政府を置き、法律も連邦憲法に則（のっと）った上での独自の法規を定めている。

人類が移住し始めて六〇年。すでにキリルで生まれ育った世代が大多数となり、地球連邦への帰属よりも独立を望む声が、年ごとに高まっていた。

地球での一連の行事を終えてキリル州首相クロード・フランチェスカが帰還したのは、年が明けて地球標準時の一月五日のことだった。年が改まると会計年度の始めでもあり、フランチェスカ首相はキリル議会で、連邦中央政府との会議の内容などを帰朝報告した。

連邦ではキリルへの移住者を募り、キリルの土地販売によって出た利益を、宇宙開発の資金源の一部にするという。キリルにもある程度の援助金は出るというが、もともとキリル側はこれ以上の人口流入は必要ないと考えていた。その要望に関しては何一つ通されることがなかった。

議会ではキリル独立強行派の議員たちがフランチェスカ首相に罵声（ばせい）を浴びせている場面もあったが、穏健派だった首相自身も独立の考えを固めつつあった。地球上の他の自治州とは友好関係を保つべきだが、このまま連邦に帰属し続ける意味はない。

フランチェスカはキリル帰還後、休む間なくその方向で精力的に動き回っていた。各方面の意見を聴取しながら独立の可能性と方法を模索していた。

そんな折、首相官邸に二人の軍人の訪問があった。その二人からあることを告げられる。

「護衛官たちを解任する、というのか？」

首相が驚きの声をあげる。目の前には二人の将校が真面目くさった顔を並べていた。連邦軍キリル駐留空軍司令官デニス少将と幕僚ヴァン中佐だ。

デニスは中年太り気味の巨漢。年齢は五〇代半ば。顔は浅黒く、眼光鋭く、人を見下すような視線。キリル首相に対してもそれは同じだった。

一方ヴァンは長身でがっしりした体格。口髭の上品な紳士といった観がある四〇代前半の男だ。デニスと並ぶと温厚そうに見える。かといって媚（こ）びた態度ではない。デニスの副官として控え気味なせいか、その考えを読み取りにくい雰囲気があった。

「年度替わりしたばかりだぞ。一体急になぜ？　彼らに不手際があったとも思えんが」

「ご存じのようにこの前の追悼式で、我々キリル駐留軍に逮捕者が出ました。あなたやご子息の護衛官たちは、彼と同じ近衛部隊所属です。責任問題もあり部隊員全員、地球への帰還命令が出ました。そっくり入れ替えるということです」

とデニス。

「部隊員全員とは、また大規模な異動だな」

近衛部隊は要人警護全般を受け持つ軍人で構成されている。その部隊に所属しているバンクロフト中佐は首相の身辺関連の警護担当。あと一年で任期が切れる。その任期を待たずに異動ということだ。バンクロフトは、年末のフランチェスカ首相の地球訪問にも、護衛官として従った。他のキリル要人の護衛官たちと行事内での護衛チームを再編成し、その責任者も務めていた。しかし追悼式で一人の護衛官がクーパー長官の狙撃未遂で逮捕され、バンクロフトも責任者として事情聴取された。その時はすぐに解放され、フランチェスカと共にキリルへ帰還したが、部隊全体の疑惑が晴れたわけではなく、今度は解任という形で地球に召還されることになったというのだ。

「すぐではありません。連邦でも後任者の選出に慎重になっているようですし、今月末をもっての解任となりそうです」

フランチェスカは大きく溜め息をついた。

「まあ……。私はいいのだが、ダニエルが……。ヒース少佐には、特例という形で八年間もあの子の専属護衛官を務めてもらっているが、いまだに手を焼かせているらしい。難しい年齢になってきているし、後任者には苦労をかけそうだ。キリルに不慣れな新任の者ならなおさら。駐留軍の中から選出できないのかね？」

ダニエルとは一六歳の息子のことだ。首相は八年前に妻を亡くした。それまではダニエルの外出時のみの護衛をつけていたが、母親不在になって以来、養育係も兼任する専属の護衛官をつけていた。

「難しいですね。連邦側はキリルに何らかの嫌疑をかけているようなのですよ。自治政府のみならず、我々駐留軍にも。我々の内に狙撃犯の一味が存在したことは痛い失点でした。疑いが晴れるまでは、おそらく、空軍本部から派遣されてくる者が後任ということになりそうです」

「嫌疑？　我々まで疑っているのかね。首都府へは向こうが呼んだのだ。我々は中央政府と誠意をもって話し合いに臨(のぞ)んだ。だが向こうは曖昧(あいまい)な返答ばかりか、仮想敵国でも迎えるようなものものしい警戒ぶり。あれだけの警備には、かなり莫大な税が注ぎ込まれただろう。そんな予算がありながら我々の血税をむしり取っている。その上狙撃事件の黒幕だと？　怒りを通り越して呆(あき)れ果てる」

デニスが身を乗り出した。

「あの追悼式ですが、バンクロフトの報告では、茶番ではなかったかと。間近でご覧になった観ではどうです？」

　フランチェスカは記憶をまさぐった。

　茶番と言われれば、そう見えなくもなかった。実際大統領も宇宙開発庁長官も無事だった。最後にレストランのボーイに扮（ふん）したテロリストが登場したが、「キリル万歳」と叫んで舌を噛み切った。あれも作為的に見えなくもない。押さえつけていたのは地球側の軍人だ。死体は大急ぎで運ばれていった。本当に死亡したのかどうかは、軍の人間でなければわからない。

　首相がそう告げると二人の将校は顔を見合わす。デニスは腕を組んだ。

「やはり連邦側の自作自演の可能性もありえますな」

「しかし何のために？」

「キリル自治州政府とキリル駐留軍を陥れるためですよ。我々に嫌疑をかけ、それを口実にキリルを中央政府の直轄にしようとでも考えているのでは？」

　フランチェスカは大きく目を見開いた。

「ここキリルは宇宙から地球を見下ろすような位置にあります。ここからはピンポイントで地球を狙い撃ちにできますし、軍事衛星並みに地球上の監視も可能――連邦中央政府は、そう見ているかもしれません。彼らには、キリルは頭上の脅威なのですよ。独立を口にすれば敵とみなされるだけです」

「連邦に対し戦争をしかけるような、そんなことは考えてはいない。第一そんな武器も手にしていない」

「現物がなくとも作り出すことが可能であれば、それだけで疑惑の対象とみなされるものです。中央政府に口実を作らせないことですな」

デニスの言葉にフランチェスカが微かに頷いた。やはり独立の道しかない。心が告げる声を彼は確かに聞いたような気がした。

（２）

首相の息子ダニエルは一六歳の大学生だ。キリル生まれキリル育ちの地球を知らない世代。移民の四世で彼の曾祖父は第一次移民のうちの一人。移民のリーダー格だった曽祖父は最初のキリル首相となった。そして今現在は、父が一三代目のキリル首相を務めている。そんな家柄もあって、ダニエルもキリルの多くの人々から尊敬を込めてこう呼ばれていた。「首相のご子息」と。しかし当のダニエルはこの呼び方が嫌いだった。

クロードがキリルの首相に就任したのは一〇年前のこと。あのグレッグソン事件で先代の首相が死亡した当時は副首相だった。選挙までの空白時期、首相代理としてその手腕を振るい、先代の後継者として早くから名前が上がっていた。以来その地位は揺らぐことがない。

父の副首相時代からダニエルの母は、公務を支え続ける中で病に倒れ、そのまま帰らぬ人となった。母という護（まも）りを失ったダニエルは首相の息子として世間の好奇の目にさらされることになった。何をやっても父の名がついて回った。高等科の課程を飛び級して大学生になった一四歳の時も、キリルでは大きな話題になったが、それもこれも彼自身ではなく、父への賛辞にすり替わっていた。

大学生活の方も本当に楽しめたわけではない。好きな学問や研究に浸ることができたが、教授陣も学生らも、ダニエルの背後にある父の影を意識しているのがわかる。本音で付き合える相手はいない。友人と呼べる者もいなかった。そんな日常の中、ただひとつの夢だけが彼の支えだった。その夢のために人並み以上に努力して大学に入ったのだ。友達のいない学生生活もその夢のためならば頑張れた。

三年生になった一月半ば新学期。大学の門をくぐると、この時期のおなじみの風景が待っていた。新入生をターゲットにしたサークルの勧誘だ。あちこちに凝ったブースが設けられ、凝った衣装でチラシを配る上級生の姿があった。ダニエルはどのサークルにも属していない。毎年この時期それらのブースをスルーして足早に通り過ぎていた。

今年も足を早めて行こうとしたのだが、大学事務局の電子掲示板の前で足が止まった。一枚のポスターに目が行く。眼鏡をかけた温厚そうな紳士の顔写真がある。

「ワイネマン工科大学教授オスカー・アンダーソン短期集中講座、二月開講。未来を作る志ある受講生募集中」

大学側からのネット通信ですでに仕入れていた情報だが、ダニエルはそのポスターに魅入られたかのように動かなかった。

その彼の肩をポンとたたく手があった。

「君、ダニエル・フランチェスカじゃない？」

振り返ると四人の学生がいた。「キリル友好の会」と書かれたプラカードやチラシを持っている。サークル勧誘の連中らしい。その中の女子学生が目を細めてダニエルを覗き込む。

「そうだけど、何か？」

勧誘かと、不審げに問い返すダニエルに、女子学生は笑みを返した。

「君、若いからすぐダニエルだってわかっちゃう。その特別講義に興味あるんだ」

確かにまだ少年の面持ちの彼は首相の息子というだけではなく、若さでも目立つ存在だった。だがなぜか嬉しい気持ちがあった。「首相の御曹司（おんぞうし）」「首相のご子息」といった肩書きなしに、ただ「ダニエル」と呼ばれたことが新鮮だった。

「ええ。ここを卒業したら地球に留学してワイネマンで勉強したいって思っているんです」

四人の学生は目を丸くした。

「すごい。何か目指すものがあるの？」

「太陽系外へ行けるような星間往還機の開発に携わりたいなあって」

気をよくしたせいか、ダニエルはいつになく饒舌（じょうぜつ）になる自分を感じていた。

「いいわねぇ。アンダーソン教授はその方面の第一人者だもの」

頷くダニエルに、女子学生は一緒にいた男子学生二人を示した。

「彼ら、地球からの留学生なの。二人ともワイネマンの学生で去年からキリルに来てるのよ。あ、自己紹介もまだだったわね。私はキリル生まれのメイエン・ウェイ。グラント教授のゼミよ。四年生だからあなたより一年先輩。年は五年も上だけど」

「グラント教授ってアンダーソン教授の教え子ですよね？　僕来年はグラント教授のゼミを希望しているんです」

「よかったらゼミのこと、教えてあげるわよ。あなたみたいな勉強熱心なかわいい子なら、これを機会にお友達になりたいわ」

いつもならその「かわいい」に抵抗を覚えるのだが、今はなぜか、素直な気持ちで受け入れることができた。

「僕もメイエン同様キリルの生まれ育ちだよ。ジェフリー・コンラッドだ。よろしく」

一人の男子学生が進み出る。四人の中で一番背の高い少し太り気味の青年だ。

留学生二人はスティーブ・スミスとデビッド・ブルックスと名乗った。スティーブはどこか愛嬌のある親しみやすそうな青年。デビッドは金髪の美形。

親しげに差し出された四人の手を一つ一つ握り返しながら、ダニエルは照れたように笑う。

「君のお父さんは、キリルの首相なんだって？」

とデビッド。

「お父さんが偉いと何かと大変だろうね。俺も親父が会社経営しててさ。ここに来るまでは自由のない窮屈な毎日だったよ」

「そおかぁ？　その割に好き勝手してたぞ」

　スティーブがデビッドを小突く。二人は昔からの知り合いらしい。

「そりゃあ、おまえみたいな悪友がついていればな」

　そんな二人をダニエルは羨ましく思った。いくら不自由でも窮屈でも、こんな風に何でも言い合える友達が、一人でもいたらいいのにと。

「いいじゃない。親のことなんて」

　メイエンが口を挟んだ。

「ダニエル、あなた私たちのサークルに入らない？　スティーブたち地球からの留学生も何人か加わっているのよ。地球連邦とキリルの未来を考えようってことで、お茶会をしながらディスカッションをする程度のことなんだけど。キリルの学生が二五名、留学生がスティーブたち含めて八名。私が発起人でリーダー。ジェフが補佐役。どこのサークルにも入っていないんでしょ？　歓迎するわよ」

　やっぱり勧誘か。しかしワイネマン工科大の学生たちと近づけるチャンスかもしれない。

「ええ。是非」

ダニエルは迷うことなくそう答えた。歓声が彼を取り囲む。差し出される手、次々とハグされて、ダニエルはその歓迎ぶりに当惑し、なされるままだった。しかし嬉しかった。こんな風に誰かに受け入れられたことは、いまだかつてなかったことだ。

「これであなたは、私たちの仲間よ」

メイエンが微笑んでいた。

仲間――ダニエルは感慨深く、その語を受け止める。今までその言葉をかけてくれた人は、ただの一人もいなかった。

ダニエルは大きく頷き、自分からメイエンの手を取って強く握りしめた。


ダニエルの護衛責任者ヒース少佐は焦りを覚えていた。ダニエルがなかなか現れない。たまに図書館や教授の研究室に寄ることもあるが、それにしても遅かった。遅くなるような時でも、門外で待つヒースたちにダニエルから連絡が入ることは、まず絶対にない。こちらからダニエルのモバイルにアクセスしても無視されるのが常なのだが。

ヒースはこのような時、手をこまねいてただ待っているわけではない。送迎車に設置したタブレットの画面を彼は睨んでいた。そこには大学内の図面が映し出されている。小さな光の点がその一か所で先刻から動かずにいる。その光をタッチすると、画面には様々なデータが現れる。血圧、呼吸数、脈拍数、体温……。それらは全て、ダニエルのバイタルデータだ。

ダニエルは、知らぬうちにそんなデータを取られているばかりか、自身が存在する位置情報をもヒースに掴まれていた。

ダニエルの左上腕部に埋め込まれた小さなカプセルが、キリル周囲の軌道上にある人工衛星を通して、ヒースのタブレットにデータを送ってきている。このシステムがなければ、ヒースは大学構内に入り、ダニエルの側に張りついていただろう。これはヒースの前任者がダニエル六歳の頃に施した仕事だ。勿論フランチェスカ首相の承諾はあるが、当のダニエルは、まったく知らされていなかった。

大学構内に入った頃よりダニエルのバイタルデータはどれも上昇気味だった。健康に問題になるほどの数値ではないが、何か非常に興奮することがあったに違いない。そして今は一か所にとどまって動かない光の点。クラブハウスの一室だ。ヒースは部下の誰かをそこへやろうかどうか思案していた。と、その時光の点が動きを見せた。そこを出てエレベーターへと向かう。ディスプレイは次々と階下の図面に切り替えられていく。やがて学舎から敷地の図面となった。

ヒースは画面を切り、車を降りた。大勢の学生たちに交じってにこやかな顔のダニエルが現れる。何人かの学生がダニエルを取り囲むように盛んに話しかけていた。

「ご子息」

近づくヒースを学生たちは好奇の目で見た。

「お迎えのようね」

メイエンがダニエルに手を振る。

「楽しかったわ。また、明日ね」

ダニエルも手を振った。学生たちはそれぞれダニエルに声をかけて去っていく。

「あの人たちは？」

尋ねるヒースを一瞥（いちべつ）しただけで、ダニエルはさっさと車に乗り込んだ。

「ずいぶんお友達が増えたんですね。一体、どういう人たちなのですか」

「いちいちうるさいなあ。友達の身許調査も必要なの？　毎日毎日監視付きの生活なんて、もう、うんざりだ」

ヒースは肩をすくめた。

大勢の友人ができて舞い上がっていた気分が、ヒースの登場で台無しだ。メイエンたちとは今日知り合ったばかりですぐに打ち解けられた。だが八年間付き合ったヒースは、ただ煩わしいだけの存在だ。友人の顔ぶれまで説明しなければならない義務はないはずだ。

メイエンたちはこれから映画を観に行くそうだ。ダニエルも誘われたが、そんな自由はないと断った。他の学生のように、街中を連れだって歩いたり女の子と遊んだりもしたい。だがそんなことをすれば、たちまちマスコミの餌食だ。父の立場に傷をつけないとも限らない。自由がない束縛された立場だということは承知している。父が首相である限りずっと。

「監視ではなく、あなたをお護りするのが、我々の任務です」

ゆっくりとイオノクラフトが動き始める。

「本当はキャンパス内でも、あなたをお護りしたいところですが……」

「よしてくれ」

「だからご遠慮申し上げて、外で待機しているのです。それもあと僅かですけれどね」

「え？　護衛いなくなるの？」

しめたと思いながら聞き返す。しかしそれは期待はずれだった。

「人事異動です。担当が替わるだけですよ。次の担当の護衛方針までは私の関知するところではありませんからね。私が担当の間くらいは、せめて大人しくしていてください。何か問題があれば即、部下を大学内に配しますから、そのおつもりで」

「人事異動？　今頃？」

新年度は始まったばかりだ。不自然すぎるように思えた。しかし軍の内部のことはダニエルにはわからない。ただ違う顔の奴が自分の監視役になるだけのことだ。

ダニエルは車窓へと視線を移したが、何も見てはいなかった。

（3）

銀色に輝く巨大な機体がドーム内にゆっくり滑り込んでいく。地球とキリルを結ぶ定期便は一日一回。州都オリンピアのはずれにあるヘルメス空港がただひとつの窓口で、正午に地球からの便が着き、一五時に地球への便が発つ。

キリル標準時間（地球標準時間に合わせている）AU五一一年一月二五日、地球連邦ワイネマン工科大学教授オスカー・アンダーソンがキリルに到着した。三か月の客員教授としてキリル工科大学に招かれたのだ。

検閲を終えゲートをくぐると、二人の男女が近づいてきた。

「教授、長旅お疲れさまでした。お待ちしておりましたわ」

女性の方が満面の笑みで彼を迎える。

「久しぶりだね、ジョアン。いや、今はグラント教授と呼ぶべきかな」

「いえいえ、ジョアンとお呼びくださいな。私にとって教授は生涯恩師なのですから」

ジョアンナ・グラント。ワイネマン工科大学の首席卒業生。アンダーソンの教え子だ。現在はキリル工科大学の宇宙工学部教授である。彼女とは各地で行われる学会で何度も顔を合わせていたが、彼女が教授になってからは、アンダーソンはその学会を欠席していた。体調を理由に。というのも電話やメールでキリルへの赴任を持ちかけられていたのだ。まだ機は熟していなかった。

そして今やっとその時が来た。三か月程度の短期間でならと引き受けることにしたのだ。

グラントは連れの男性を紹介した。キリル工科大学理事長クワメ・プザンだ。

プザンは微笑みながら手を差し出した。その手を握り返し、アンダーソンも微笑みを返す。

「去年の暮れ、グレッグソンの追悼式であなたをお見かけしました。私も友人が何人か犠牲になっているので」

プザンの笑みが消えた。

「私は両親をあの時奪われました」

その後は口を固く結び、それ以上何も語ろうとはしなかった。

プザンの父は前のキリル首相。母はキリル工科大学の前理事長だった。一〇年前、まだプザンが二〇代半ばの頃である。

「ホテルまでご案内いたしますわ」

話題を変えるようにグラントが口を挟んだ。

「お疲れでしょうから、今日はホテルでごゆっくりお過ごしください。明日は学生たちを交えての歓迎会(レセプション)ですのよ」

「まいったな。あまりそういうことは……」

「いいじゃありませんか。教授を心待ちにしていた学生たちですのよ。講義が始まる前に一人一人とお話ができる機会でもありますもの。皆楽しみにしておりますから」

空港を一歩出ると、地球とは違う空気を感じた。

今は植林もされ、太陽光パネルを使う光合成も可能となり、自然に酸素が作られるようになったが、もともと人工的に合成された空気だった。が、万が一の時のために一定の酸素濃度を保った空気を作りだす機能も保たれたままである。天候も調節され、自然災害はないとはいえ、隕石(いんせき)やスペースデブリの衝突回避のために自らの軌道を変える機能をも持つ。

それならばキリルそのものを改造すれば、宇宙の長旅にも使えるのではないか。アンダーソンはふと思った。

案内された先はキリルの最高級ホテルのロイヤルスイートだった。広々とした寝室にはキングサイズのベッド。大人数のパーティーが開けるくらいのダイニングキッチンやリビング、そしてゆったりとした書斎、ミストサウナ付きのバスルームなど、贅(ぜい)を尽くした造りは彼一人には広すぎるくらいだ。

キリル滞在中はここが彼の「家」。その代金も講義の報酬とは別にキリル工科大から前払いされている。大学からというよりはその後援者からだろう、とは察しがついた。この特別待遇の裏にあるものを考えれば決して気を緩めることはできない。

ポケットの中に忍ばせた機械のスイッチを入れると、部屋の隅々まで歩き回りつつ点検する。今は盗聴器も隠しカメラなども仕掛けられてはいないようだ。ここに出入りするたびにこれをしなければならない。アンダーソンは一人苦笑を浮かべていた。

少しアルコールが過ぎたかもしれないと感じながら、アンダーソンは部屋に戻ってきた。お決まりの点検の後、ソファーにくつろいでモバイルに収めた写真を見返す。歓迎会はこのホテルの広間を借り切ってのもので、大学から全理事、学長はじめ教授ら、学生たちが参加していた。そんな彼らとのショットが収められている。

学長のスタンレイ・バナティとは裏のつながりがある。しかし学会で会った顔なじみであるという演技で接触を持った。

またある学生とも出会った。キリル州首相フランチェスカの息子ダニエルだ。大学生と呼ぶにはまだ若い、華奢(きゃしゃ)な少年だった。アンダーソンの講義を受けるという。

予想通りだ。これでキリルへ来た目的、そして今年まで引き延ばした理由のひとつが早くも叶った。「彼ら」にとって「自分」はダニエルを引き込むための餌（えさ）でもあるのだろう。そしてこのキリルを……。遠からずその動きがあるに違いない。

　ダニエルのあどけない笑顔と自分のツーショットを見つめながら、アンダーソンは酔いが覚めていくのを感じていた。

「諸君の中には、昨年末地球へ行った折に見かけた顔もある。地球とキリルでは、何かと住環境も違うが、一日も早く慣れてほしい」

新しい年の最初の月も終わりを迎える時期になっていた。

キリル首相官邸の広間。一通りの挨拶の後、首相のフランチェスカはそう締めくくった。目の前には、一個中隊の将兵がきちんと整列している。その中央先頭に立つ、まだ少年の指揮官が敬礼で応えると、後方の者たちはそれにならった。

（4）

昨年末、地球連邦首都府で行われた一〇年前のテロ事件の追悼式。その際宇宙開発庁長官の護衛責任者だったエドワード・ウォーレン中佐——エディとその部下たちだ。

彼らと入れ替わりに地球に召還されるキリル自治政府関係の警備担当近衛府は、首相父子の護衛の他、自治政府関連施設の警備、キリルの閣僚たちの護衛にも当たる部署。それをすべて引き継ぐことになるので、エディが指揮官を務める中隊を含め、三個中隊で一個大隊を編成し、地球から派遣されたという形になっていた。

大隊長はドミニク大佐。空軍将校を務めているが実は軍の情報局所属だ。陸・海・空三軍の枠を超えて、秘密裏に捜査活動や裏工作を行っているセクションである。その本来の任務は、総帥、総参謀長以下三軍の総長とそれぞれの参謀が知っているくらい。軍の内部調査に当たることが多い。

地球から今回派遣された大隊は、キリルに入ったと同時にキリル駐留軍の所属となるが、それも形の上だけのことだ。彼らの真の司令官はデニスではなく、ハーネス総帥。そのことはキリル駐留軍にはもちろん、キリル自治政府側にも内密だった。

エディの中隊が担当するのは、首相父子の護衛ならび、官邸に隣接の公邸警備だ。首相が公務で動く時は、その関連の警備も加わる。

フランチェスカ首相は新しい護衛官の人事に疑念を抱いていた。気心の知れたバンクロフト中佐らを総入れ替えする連邦側の意向にも戸惑いを覚えていた。

昨年末の追悼式狙撃事件で、宇宙開発庁長官に銃を向けて逮捕されたリンツ少佐は、キリルの某閣僚の護衛を務めていた。普段はバンクロフトの直接の部下ではない。追悼式に限りバンクロフトの指揮下にあった。リンツ少佐の背後関係は明らかでなく、バンクロフトを含め、近衛府の軍人全てが疑惑の対象となっているらしい。同じ疑惑はキリル自治政府にも向けられているのかもしれない。新しい護衛官は、その捜査のために地球から派遣されてくるのではないか、とフランチェスカは疑っていた。

あの狙撃事件は狂言かもしれないと、キリル駐留空軍司令官のデニスが言っていた。それが真実か否かはまだわからない。がどちらにしても、連邦とキリルの間に何かしらの亀裂を生じさせる結果にはなったようだ。まだ完全に心を許すことはできない。できないのだが……。

フランチェスカはエディの方を見やり、少し首をかしげた。この少年に感じるものは何か別のものだった。

地球では少し離れたところから見ていた。息子のダニエルと同じ年頃の少年が要人の護衛、それも指揮官の任にあるのに驚き、その後それが一〇年前のテロリストの子だと知った。無意識のうちにダニエルを重ね、比較したりもした。

改めて間近で見ると息子よりも頭一つ分長身で、十分大人の体格ではあったが、その容貌は穏やかで、追悼式での厳しい表情は消えていた。あの大立ち回りをした同じ少年とは信じられなかった。これが幼年科を首席で卒業したというエリートなのだろうか。少し意外だった。

「どうですか、彼らは？」

傍らからデニス将軍の幕僚ヴァン中佐が、伺いを立てる。

「追悼式での彼らの活躍はご覧になったかと思います。彼らなら安心して、首相とご子息の御身を任せられるのでは」

「ああ。あれを見なければ、この人事に異を唱えたかもしれん。ま、私が同意せずとも事は運ぶのだろうが」

フランチェスカはそう言って、エディに微笑みかけた。

「君がテロリストの子だからというわけではない。私は君の生まれで君の人格まで決まるとは考えていない。ただ君はあまりに若く温厚に見える。エリート将校だということがいまだに信じられんというのが本音だ」

そう思われても仕方ないとエディは思った。今までもそう指摘する者は何人もいた。

「まあ、その年で中佐の格が与えられているのだ。人は見かけでは判断できないということだろう」

「どうでしょう、首相。ウォーレン中佐は本来ならばバンクロフト中佐の役目を引き継ぎ、首相の身辺警護を中心に動くべきところなのですが、ちょうどご子息とは同じ年です。ご子息の担当がよろしいのでは？」

ウァンが言うと、フランチェスカは頷いた。

「ヒース少佐の後任というわけだな？」

「ええ。勿論立場は中隊長ですので、ご子息専任というわけにはいきませんが」

「ヒース少佐には、息子の生活面すべてを任せていたところもあるのだが……」

フランチェスカが少し不安の色を覗かせると、エディは真顔で尋ねた。

「お母さん代わりということですか？」

「い……、いや……」

フランチェスカは苦笑した。

「相談役というか……」

しかし、ヒースはそのつもりだったのに、ダニエルの方は結局そう認めなかったことをフランチェスカは思い出した。

「中隊長としての君の立場を考えると、負担は多くなるかもしれないが？」

エディは頷いて笑顔を見せる。

「その点は、信頼できる部下たちがついていますから、ご心配には及びません。前任者の踏襲とはいかない点もあるでしょうが、精いっぱい務めさせていただきます」

その笑顔になぜか心が和むのを感じながら、フランチェスカはエディに手を差し出した。

「君のやり方でいい。よろしく頼むよ、ウォーレン中佐」

「まずは、第一関門通過というところですね」

官邸を退出する時ウァンはそう言ってエディの肩をたたいた。

前回エディがキリルに赴任した頃ヴァンは上官だった。直接の上司ではなかった。しかしエディに対しては自分の方が下位のような丁寧な物腰だったのが印象に残っている。誰に対してもそうなのかと思ったが、そうでもないらしい。他の部下に対しては、普通に上官らしい態度や言葉遣いだ。エディはそれが苦手で、なるべくヴァンに近づかないようにしたものの、気になってその理由を聞いてみたことがある。彼は穏やかに笑い、エディのことを、いずれ自分の上官になる器の持ち主だ、と答えた。

「その時になって、急に言葉遣いを改めるのは、難しいですからね」

彼はそう言ったが、冗談にしか聞こえなかった。エディもヴァンほどではないが、自分の部下でない下位の者には、それほど上官口調にならない。がそれはたいてい向こうの方が、軍歴が長いため。そして向こうの上官に対する敬意でもある。

「どうですか、久しぶりのキリルは？　古巣というには、以前はずいぶん短期間でしたし、今回は部署も違いますが」

前回のキリル勤務において、エディは司令部の事務官だった。

「初勤務のつもりで務めます」

「首相もおっしゃっていましたが、キリルの住環境にも早く慣れてください。それと、その丁寧口調、改めませんか？　今はお互い中佐格。いわば同僚ですから」

「あなたこそ、改めていただけませんか。先輩ですのに」

「年月はこちらの方が重ねてはいますが、いずれ上官になられる方に、ため口なんてきけませんって」

ヴァンは、声をたてて笑った。

「その時のために、あなたはもう少し偉そうになさってよいのです。そして将官クラスになったら、是非、気安く何でも話せる部下の一人に、私を加えていただきたいですなぁ」

言っていることがよくわからない。エディは眉をひそめた。

「それって、いつの話です?」

「そう遠くない未来でしょうね」

ヴァンはまた豪快に笑うと帽子を被った。それから真顔に戻って、声を押し殺した。

「気をつけてください。キリルは敵も多い。まずは首相父子の信頼を勝ち得るところからです。ダニエルは手強(てごわ)いかもしれませんが。彼の心さえ掴めば首相の方は楽なものでしょう。お手並み、拝見させていただきますよ。それでは私は司令部へ帰ります。この後、前任者の引き継ぎとダニエルとの顔合わせですね?」

「はい」

「期待していますよ」

ヴァンは軽く敬礼をして快活そうに歩を運び官邸を後にした。その広い背中を敬礼と共にエディは見送った。

一〇年以上前、ハーネス総帥が空軍総長時代に、キリルに送り込んでいたのがヴァンだった。彼の本来の任務を知ったのは、キリルへ発つ前日に、空軍本部に呼び出された時。現空軍総長サザンクロス元帥からだった。キリルの内情をさぐり、今回のミッションで中心的な役割を担っているのが、ヴァンだ。階級では上官のドミニク大佐もヴァンの指示に沿っての行動となる。ヴァンの後ろにあるのは、サザンクロス総長。ヴァンからの指令は、サザンクロスの指令ということになるのだ。

とてもじゃないが気安く話せる相手ではない。しかし今回は、彼の指令を受けて動かなければならない。直接の上官ではなかった前回とは、違う。それに――。

キリルに送られて、誰が敵とも判別つかなかった頃から、彼は危険を承知で内偵捜査を続けていたのだ。今回のミッションのすべてが、彼のその十数年間の実績の上にある。だがその苦労を表にも出さず、淡々とこなしている様は見習うべきところが多く、尊敬に値(あたい)する。

エディは、そっと心の中で呟いた。

(彼のように笑いながら、重責を担えるようになりたい)

（5）

ヒースのタブレット画面を見ながらエディは思った。できればこれは使いたくない、と。

「私の前任者の手によるものですが、大学構内の図面は私が入れました」

ヒースは得意気にエディを窺った。

「このことは、ダニエルは？」

「まさか。それでなくても、我々に反抗的ですのに」

「知れば、怒るでしょうね」

「けれどこれがあるからこそ、自由な時間が持てるんですけどね」

（自由といえるのか、これが）

エディは思ったが、口にはしなかった。この少佐も彼なりに、ダニエルの身を守るために、あらゆる手を尽くしているのだ。そのことは十分承知しているし、批判するつもりはない。

昼過ぎ、エディはヒースの部下の一人に案内されて、キリル工科大学の門前に来ていた。ヒースの車内で、護衛方法やダニエルの情報等の引き継ぎを行うためだ。

ヒースは自分の後任に、プラント（士官学校幼年科を揶揄して外部の者はそう呼んでいた）出身者がつくことに、少し戸惑いを覚えていた。エディとは初顔合わせだったが、噂では一六で中佐になったやり手だと聞いていた。梯子段を昇ってきた者が、坊っちゃん育ちの少年のお守りなんてできるのだろうか、と不安だった。その外観を見て、これではダニエルになめられるだけだと思った。確かに背も高く体格的には申し分ないが、顔つきが優しすぎる。それに何を思ってか、エディは軍服でもスーツでもなく、セーターにジャケットを合わせた平服だった。そのせいもあり、軍人には見えない。

「大学内を見てきます。ダニエルが出てきたら、先に公邸に帰ってください。彼との顔合わせは、今夜公邸でさせてもらいますから」

「大学の何を見るですって？」

「大学内部です」

エディは、さっさと車を降りると、出入りする学生に交じって大学の門に入っていった。

見送る形になって、ヒースは首を捻った。

「どういうつもりなんだ？」

大学の見取図は、今見せた。それに自分はどうやって帰るつもりか？　まさか、また迎えに来いというのではないだろうか。

ヒースは考えた。部下を待たせておくべきか。プラント上がりの者はプライドが高いであろうし、自分本意な考え方の者も多いだろう。特に彼は二年飛び級した上に首席だったと聞いている。挫折感など、味わったことはたぶんないであろう。格下にある者は顎で使えばいいくらいに思っていそうな気がした。一〇年前のテロリストの息子というのは面白い経歴とは思うが、あの容姿だ。きっとプラント内でも、そして卒業後も、ちゃほやされて、うまく渡ってきたのだろう。一人や二人パトロンもいるのかも知れない。

今日一月三一日をもって、ヒースのキリルでの任務は終わりとなる。それだけ感慨深いものもあるはずだが、その感慨に浸っている気分ではなかった。最後のこの日になっても、ダニエルには心を開いてもらえなかった上、もう一人の青二才がしゃしゃり出てきた。今日一日くらい心穏やかに過ごしたいところだが、一日中二人の坊やたちに振り回されそうな気がする。

次にどこへ飛ばされるのかはわからないが、最後にダニエルから少しくらいは労いの言葉を掛けてもらえるだろうか。一言の「ありがとう」でいい。それだけで、これまでの苦労が報われるだろうに。ふと考えてもみたが、それは叶いそうになかった。

ＩＤの確認だけで学内に入り込めたのは、意外だった。一般公開の講義や研究会も日常的に開かれているせいなのかもしれないが、これでは不審者だろうと、出入りし放題ではないだろうか。民間の守衛はいるが、あまり役に立っているとは言えない。エディのＩＤを見て、軍人だというデータがあるだけで、恐れいって通してくれた。軍服を着ているわけでもないし、年齢的にもそうは見えないと思われるのだが。エディは守衛に止められれば、学長に連絡をとってもらうつもりだった。アポイントを取っていたので、あるいは守衛に連絡が回っていたとも考えられるが。

大学の構内を歩いていると、電子掲示板にある映像が映されていた。エディは足を止めて、そのポスターの写真に目をやった。

「ワイネマン工科大学教授　オスカー・アンダーソン博士」とある、その写真の学者には学長と共にトロントで出会っていた。ミッション前の休暇中だ。あの後、彼も一月末頃から三か月の予定で、キリルへ行くという話をしていた。

（バーガーたちは、うまくやってくれているとは思うが）

先に大学に潜入しているはずの仲間を思い出し、エディはある疑念を抱いていた。やはり大学内に何か疑わしい組織が触手を伸ばしているということなのだろうか。アンダーソンをキリルに呼んだのは、一体誰で、何のためなのだろうか。

エディは出発前、サザンクロス空軍総長に言われたことを思い出していた。

「君は首相父子の護衛ではあるが、君が本当に守るべきは……」

エディは身をひるがえし、ポスターの前を離れた。

ふと湧きかけた割り切れないものを消し去ろうとするかのように、足早に学長室を目指す。

それが連邦の将来のためなら、軍人である限り任務は遂行しなければならない。情に流されることは許されない。わかってはいるが、その考えには以前から、どうしてもなじめなかった。

誰かの命、誰かの未来、その価値は誰が決める？　本来は順位など、つけられるものではない。だがもしそんな時が来てしまったら……。

自分はどう動き、何を選択するのだろう。

何だ、こののっぽは――と、ダニエルはエディを見て思った。同じ年齢だというのだが、上背もあり、大人の男みたいだ。ただ軍服を着ていないせいか、中佐だと言われても、にわかには信じがたかった。ダニエルの知っている、どの軍人のタイプとも違う。自分より坊っちゃん育ちという感じの上品で甘いマスクをしていた。この若さで中佐ということは、プラント出なのだろう。たいてい、軍上層部の家系の子どもが入ると聞いている。親の言うなりに、軍に入った連中。こいつもその一人なんだろう。
線の細い人だ――と、エディはダニエルを見て思った。送られてきたデータで顔は確認ずみ、身長体重のデータからも華奢な体格だろうと予想はしていたが、実際目の前にすると予想以上だった。手足も折れそうなくらい細い。逃げ足は速いとヒースに聞いていたが、本当に走れるのだろうかと疑うくらい、頼りなさげな体形だ。この年で大学三年生になるほどだ。幼い頃から勉学には励んできたのだろうが、体はあまり使ってこなかったのだろう。確かに学校の行き帰りも歩く必要がないわけだから。

それが、それぞれのそれぞれに対する第一印象だった。

その日の夜、エディは一人キリル工科大学から帰ってきた。すでにダニエルはヒースと共に公邸に帰りついていた。ヒースはエディのために、部下を一人門の外に待たせていたのだが、エディもその部下も互いをあまり認識していなかったせいか、どこかで見落としがあったのだろう。エディの顔を見ると、ヒースは部下に連絡を入れて呼び戻した。

「悪いことをしました。君や君の部下を煩わすつもりはなかった。先に帰るように言ったのは、そのためです。でも心遣いありがとう。彼にも後で礼を言っておいてください」

こちらが勝手に動いたことだったので、謝られるほどのことでもなかったが、そう言われてヒースは悪い気がしなかった。

「帰り道でご不便はなかったですか?」

というヒースの問いには、エディは、

「何も」

と、軽く答えただけだった。ヒースは笑った。少しこの少年に先入観を持ちすぎていたのかも知れない。

「ダニエルとの対面は、まず二人きりでしたいのですが」

エディの申し出を素直に受け入れることができたのも、この一件で、ヒースの心情が和んだからかも知れない。ヒースはダニエルの部屋にエディを案内すると、一礼して隣の控室に退いた。そしてダニエルとの対面となったのである。

ダニエルの部屋は、ホテルの高級なスイートルーム風の造りで、扉を開いたところにリビング、奥に書斎、ベッドルーム、シャワールーム、ジャグジーなどがあった。リビングに隣接して護衛の控室がある。そこへはリビングからも廊下からも行くことができた。

対面はダニエルの個室のリビングで行われた。ダニエルはふてくされた顔で書斎から出てきた。護衛官が誰に替わろうとどうでもよかった。いちいち顔合わせなんて面倒なだけだ。

「私のことは『エディ』と呼んでください」

氏名・年齢・所属・身分だけの自己紹介をすると、エディはそう言った。

「『エディ』？『ウォーレン中佐』ではないのか」

ずいぶん簡単な自己紹介だなとダニエルは意外に思った。親のこととか、経歴とかの自慢話を聞かされるのかと思っていたので、ほっとはしたが。

「時と場合によって、平服で護衛に当たるつもりですので、その方が都合いいのです。それに軍人ではないあなたが我々の階級を意識する必要はありません。で、あなたは何とお呼びしたらよろしいか?」

「『首相のご子息』とでも」

ぶっきらぼうにダニエルが答えると、エディは眉間に皺を寄せた。

「そう呼ばれたいのですか?」

「だって皆、そう呼ぶ」

「そう呼ばれて嬉しいというなら、そう呼びますよ?」

ダニエルはかぶりを振る。エディはダニエルを真直ぐ見つめた。

「嫌ならそう言いなさい。自分で意思表示しなければ、誰もわかってはくれませんよ」

「どうだっていいよ、そんなこと。君も好きに呼べばいいじゃないか」

「では『ダニエル』または『ダン』と呼びます。部下たちにもそう呼ばせますが、よろしいですね?」

「どうぞご勝手に」

(変な奴)

ダニエルは思った。

（軍人のくせに、首相の親父に気を遣わなくてもいいのか）

だが心のどこかで嬉しいという気がした。まだメイエンほど心を許せる相手とは言えないのだが。見た目だけでなく、頭の中身も、他の軍人とは違うタイプに思えた。

（まあ、どの世界にも変わり者はいるよな。こいつも、そういう変わり者なのかも）

ダニエルがそんなことを考えている間、エディは明日からの警護について、いくつかの説明をつけ加えた。自分は中隊長の立場にあり、他の部署にも目を配る必要上、時に配置から離れることがあるということ、前任のヒースとは護衛の方法などが変わることもあるが、それも了解してほしいということなどだった。

「他の部下には、明日会っていただきます」

ダニエルは、イエスともノーとも言わなかった。まるで他人事のように聞き、エディの説明も耳に入っているのかどうか、心もとない気がした。エディは、また厳しい顔になる。

「了解ですか？」

「どっちにしたって、自分のやりたいようにする気だろ？」

ダニエルはだるそうに答える。エディは腕組みをした。

「了解していただけましたか？」

重ねて聞く。ダニエルは溜め息をつき、小さく「うん……」と答えた。

「声が小さい」

　ダニエルはそっぽを向く。

「すべて了解と判断します」

　エディは顔を崩した。そして時計を見る。一九時になろうとしていた。

「では私は、一度失礼します。零時をもって、バンクロフト中佐の中隊から公邸警備を引き継ぎます。その時、またお会いしましょう。お休みでなければ。明日からよろしく」

　エディは手を差し出したが、ダニエルはそっぽを向いたままだった。エディは手を伸ばしてダニエルの右手を取ると、一方的な握手をして部屋を出ていった。

　入れ代わりに控え室からヒースが入ってくる。

「いかがでしたか？　ウォーレン中佐は。同じ年生まれですから、いい友達になるかもしれませんね」

「友達？　まさか」

　ダニエルは肩をすくめ、かぶりを振った。

「なんだってあいつと友達に？」

「まあ……。あの人は、生まれも生まれですからね」

「……？　……」

ダニエルは、一〇年前地球で起きたテロ事件についてはあまり知らなかった。ただそのとき当時の首相が死亡したため、父が首相に就任したという、経緯程度は聞いていた。ダニエルにしてみれば、その時の事件も遠い日、遠い地でのこと。エディが犯人の息子であることもダニエルは知らなかった。

あえて言わない方がいいかもしれない。ヒースはそう判断して夕食の用意ができていることを告げた。

「今日は、あなたと共にする最後の食事ですね」

ダニエルは小さく頷いただけだった。

官邸内の軍営の一室で、エディは軍服に着替えていた。その間に、テーブルに置いたモバイルが着信音を発し、彼はネクタイを首に引っ掛けた格好でそれを開いた。

「やぁ久しぶり」

音声のみの通信が入った。

「……なぁんてな。気楽に声掛けられなくなっちまったな。そっちは上官殿だ」

エディは笑った。

「たまたま今はだよ。すぐ追いつかれるさ。久しぶりだな、バーガー。ブラッドもそこにいるのか?」

「あいつには別の役目を言ってある。今は俺一人だ。今日、パイプ役のウォル君に会ったぞ。おまえも大学入試を受けたんだって?」

ウォルとはウォルター・レガルト少尉。グレッグソンの任務でエディの部下の一人だった。今回は部下ではあってても別動隊として、一月初めに、すでにキリルに潜入している。

「ああ」

「それで、どうだった?」

「何とかね」

「そりゃあ、おめでとう。さすが我らが、幼年科第一期生首席殿だよな」

「それは、やめろって言っているだろ」

相手はくすくすと笑い声を漏らした。

「明日から学生さんだな。でも会ったとしても他人のふりか。つまらん。せっかく一年ぶりの再会なのに」

「君の演技に期待してるよ。よろしく頼む」

「お坊っちゃんには?」

「会った」

「友達になってくれそうか？　同い年だろ？」

「それは無理だ」

「だな。首相の御曹子だもんな。住む世界が違いすぎる」

「そうじゃない」

　エディの声はくぐもった。

「私は彼の護衛官だから。彼には特別な感情は持ってほしくないんだ」

「まあ普通は友達を盾にはできないな。あの坊やは、どうか知らないが」

「……」

「おまえらしい気遣いだが、それが通じる相手とは思えないぞ。……だけど、俺たちでさえ、気づいたら、おまえの友達ってことになっているんだものな。ダニエル坊やだって、わからないさ」

「彼に余計なこと、言うなよ」

「言わない。そんなこと言ったら、俺の正体ばれちゃうでしょ？　ミッション終了後は保障できないけどなー」

「バーガー！」

　いたずらっぽい笑い声が聞こえた。

「じゃ、明日から頑張れよ、首席」

「バー……！」

ぷつん。通信は一方的に切れた。エディは溜め息をついて、モバイルを閉じた。

（友達……か……）

ダニエルに会ったのは、わずかに数分間。彼の性格や、考え方まで把握するには短すぎる。

だが、自分の置かれた状況を受け入れたくない、受け入れざるを得ない、自分の場所を探し、足掻（あが）いている——そんな姿をエディはダニエルの中に見た気がした。きっと心を許せる人間もいないのだろう。

が、同情や憐憫（れんびん）で務まる任務ではない。

自分は彼の盾だ。それ以上でも以下でもない。ただそれだけのことだから。

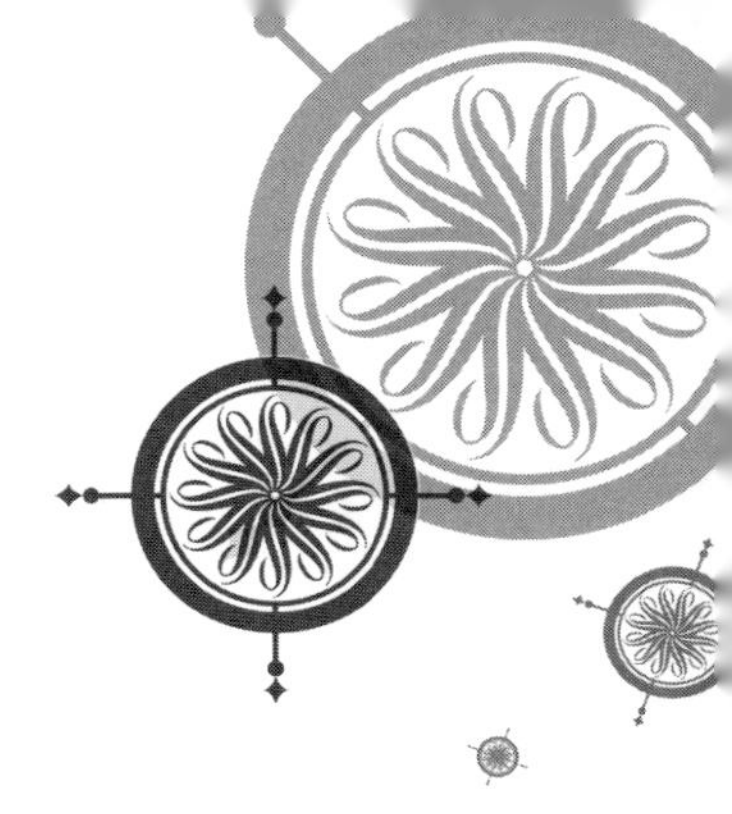

第三章　萌芽

（1）

AU五一一年一月末日。キリル首相官邸に新任の護衛官が到着したその日。

キュリロス・インターナショナルとキュリロス財団の会長、フランク・ラージェルは昼で仕事を切り上げ自宅に帰っていた。新しい専属の運転手兼ボディガードの男とその息子が来ることになっていたのだ。

前任者は今日を以て退職、地球に帰ることになっていた。辞するに当たり、彼は地球にいた頃の友人を紹介した。セキュリティ会社に勤務している男が、息子の新学期にあわせてキリル支社に赴任してきているというのだ。

写真を見て驚いた。昨年末地球に赴いた折、狙撃されかけたところを助けてくれた、あの男だった。念のため秘書に身許照会させた。確かにユニオナ・ガードの社員であり、一〇年前のグレッグソン事件で、妻を失った遺族だった。

彼の妻は重体で病院に運ばれ、三日後死亡。身重でまだ八か月だった胎児は無事。人工羊水で育てられ、誕生は本来の予定日とされた。あの時傍にいた少年がその息子だったのだ。

ヘッドハンティングの交渉をしたら、初めは現会社への義理もあってか渋ってはいた。しかし住居や息子の学費負担などの条件を提示してほぼ強引に引き抜くことができたというわけだ。自分は何者かに命を狙われている疑いがある。心当たりはいくらでもあった。ライバル会社、もしくはキリルを裏で牛耳っていることを快く思わない連中もいるだろう。あるいは地球連邦政府絡みの陰謀。

何よりも怪しいのは裏の世界での繋がりもある、中東の自治州アルデランの実業家ハッサン・ザーリム。ラージェルが長年かけて手なずけてきたキリル工科大学理事長、クワメ・プザンに何かと近づこうとしている最近の様子は、目に余る。もしかしたらキリルでのラージェルの地位乗っ取りを企てているのではないだろうか。

それをやりかねない、そういう男だとわかっているからこそ、その疑念は膨らむばかりだ。

（もう少し、もう少しでこのキリルをあの方に献上できる）

あの方――『ロキ』の理想を地球に築こうという大切な時だ。自身の身はもちろんのこと、家族の身やこのキリルのすべてを護ることは必定であった。

ラージェルには三名のボディガードがいた。秘書の一人と執事の一人、運転手がそれに当たっている。キリルに帰還してからは妻クレアには執事長を、娘たちにも信用のおける社員から選別して専属のガードをつけた。それぞれほぼ常時自身の周辺にいてもらいたいということで、屋敷内やすぐ隣の使用人用アパートを住居として与えていた。新任の運転手はそのアパートの一室に父子で住まわせることにしていた。

その前に家族とも対面してもらうことにしたのだ。

「地球で会ったんだ。あの追悼式に来ていたんだよ。利発そうな息子がいたな。子どもたちのいい友人になってくれそうだよ。フェリシアとは同学年だそうだ」

ラージェルは、地球で何者かに狙撃されたことを妻クレアには黙っていた。

「その方の奥様が一〇年前の犠牲者なのね」

「うむ。息子が胎内にいて助かったのが、せめてもの救いだな。来月誕生日だそうだよ」

「それでは誕生日をお母さんと祝ったことがないんだわ、その子」

「来月にはフェルも誕生日だ」

「そうね……」

「君と出会ったのは、あの子がまだ乳呑(ちの)み児だった時だな」

静かなラージェルの声にクレアは少し顔を強張らせ、そして頷いた。

「……ええ……。あなたのおかげで私たち……。感謝しています」

「いや、オークランドは幼子を抱えて男親一人でどうやって育てていったのだろうと、ふと思ったんだ。ましてや体を張る仕事だったろうから」

「そうよね」

「来月のフェルの誕生会は、彼の息子もここで祝ってやろうと思うが、どうだろう？」

クレアの顔がはじけるように綻んだ。

「もちろん。もちろんですわ。それに、その子もここに出入り自由にさせてあげてはどうかしら？　お父さんの留守中も寂しくないだろうし」

「そうだな。まあ、まず会ってみて、話をしてみてからだが」

そんな妻クレアとのやりとりの後、オークランド父子との面談を決めたのだった。

帰宅するとクレアは新しい花のアレンジメントで屋敷のあちこちを飾り、自ら厨房で焼き菓子を用意していた。客人がある時はいつも手作りのものでもてなしていた。

ラージェルと出会うまでのことは一切語ろうとしない。ラージェルの仕事についても一切口を挟もうとはしない。ただ笑顔で黙ってこうやって裏方を引き受けてそっと内助の功を果たしてくれる女性だった。出会ったあの日からずっと。

一〇年近く前、ラージェルが地球への出張中病気になり、運ばれた先の病院の看護師の一人がクレアだった。その容姿の美しさだけでなく、さりげない心遣いにも惹かれた。

妻にするからには身許も調べた。婚姻歴はないが子どもがいる。以前勤めていた病院で入院患者に乱暴されその子を産んだのだと。身内は他にいなかった。幼い時に両親を失い施設育ちだった。奨学金で看護学校を出ている。

キュリロス・インターナショナルや財団の会長職とは別の裏の顔を持つ自分には、身寄りのない女の方が何かと都合がよかったということもある。

ラージェルはクレアに求婚し、仕事を辞めてキリルに共に来てほしいと告げた。彼女の娘も自分の子として育てていくと。

そして今の生活がある。この生活も護りたい。オークランドのように身を挺して守ってくれるプロのガードは是非とも必要だったのだ。

キリル工科大学附属小学校——ここがレオンハルト・ガルミッシュの士官学校卒業実技試験の舞台の一つだ。
レオンはプラチナブロンドの髪とアメジストの瞳を毛染めとカラーコンタクトでブラウンに変え、名もケヴィン・オークランドと変えて潜入している。キリルに着いたのは一月後半。新学期が始まる直前。父——といっても設定上の父フィリップ・オークランドのキリル赴任のためだった。フィリップも実は連邦軍の空軍特捜局特務部の下士官、ウィルヘルム・ザルツ曹長。軍内の不正捜査だけでなく警察任務にも当たる。なぜなら地球連邦の軍の役割は軍としてというよりも警察、消防、救助などすべてを受け持っているからである。国境のないこの時代、軍とは名ばかりで治安方面の多くを担っていた。

二人が扮したオークランド父子については現存するデータがある。一〇年前のグレッグソン事件の時、すでに軍は犠牲者や遺族についていくつかの擬装データを作っておいた。今回のような潜入捜査に使うためだ。

ケヴィン・オークランドがこの学校に転入したのは二月になってからだった。それまでは公立の小学校であったが、父フィリップが二月一日付でユニオナ・ガードからキュリロス・インターナショナルの社員になったのをきっかけに、ラージェル家の子どもたちと同じ学校に転入するという形を取った。いよいよレオンのキリルでの実習を兼ねた卒業試験が本格的にスタートとなったのだ。

ミッションは、ラージェル家の上の娘フェリシアを護衛しながらのフランク・ラージェルの身辺調査。だがなぜ上の娘だけの護衛なのか。それについては、レオンは聞かされていない。

「ラージェルの屋敷に出入り自由ということになりました」

レオンはタブレットを操作する仕草をしながら呟く。

「ほぉ。うまくやってるね」

それを傍で覗き込むように一人の若者が同じように呟く。クラスの担任ノース先生、ということになっているが、実は士官学校の教官の一人、マーク・ミラー大尉だ。レオンのミッションに合わせて赴任し、今年度の新任教諭ということになっている。

「ラージェル夫人の口添えと聞いています」

「ふぅん」

「あの人は……」

言いかけてレオンの言葉は淀(よど)んだ。

「何？」

言わなくてもミラー教官は知っているのかもしれない。そんな気がした。ラージェル夫人のことを。

「言えよ。自分で判断せず何でも報告。そう教えたはずだぞ」

「来月の上の娘の誕生会に招待——いや、ケヴィンの誕生会も共にと言われました。これもラージェル夫人の案だそうです」

「そうか。いい調子じゃないか」

「夫人が、協力的すぎるのが気になります」

「確かにな」

「一応調べるだけ調べました。生年月日、そして地球の西ユーロ州イギリス出身。元看護師で首都府の二つの病院に勤務。二つ目の病院でラージェルと出会ったということはわかっていますが、それ以上の素性は……」

「気になる?」

「はい」

「ではその件もラージェル家に出入りしながら調査するんだね。ただ本命は忘れないように」

「フェリシアの護衛ですね」

「よろしい」

ミラーが口元を綻ばせた時、部屋の扉が開いて幼い少女が顔を覗かせた。ラージェル家の下の娘リリアスだ。

「ケヴィン、キリルのお勉強すんだ?」

ミラーがノース先生に戻ってリリアスに微笑んでみせる。

「もうちょっとだけ待っててね」

「はぁい」

リリアスが顔をひっこめるとミラーは意味ありげに笑った。

「なぁんだ。リリアスの方に気に入られてる?」

二人の娘はラージェルが付けたガードの車で登下校しているが、やはり夫人の意向でケヴィンも共に、ということになっていた。リリアスの希望によるものらしい。

「ま、下の子でもいいや。まだ三日目でそこまでになっているなら上々だな。そろそろこの対面式の報告も終了にする。以降はメール通信で。暗号は覚えたな？」

「はい」

「それとあの二人の家庭教師として近々陸軍のルーディア・サラン少佐が派遣されてくることになっている。聞いているか？」

ケヴィンは一瞬ではあったが、疎ましそうな表情を浮かべた。陸軍司令部で引き合わされたのはこのためだったのだろうか。

「……いえ……。サラン少佐にも報告的なことは……」

ミラーは首を横に振った。

「あっちはあっちのミッションで来る。空軍のミッションとは別物だ。俺にとっちゃあ同期生ではあるけどな。君は幼い時から陸軍総長とは縁があるだろうけど、空軍志望なら、今はそのことは忘れろ」

そういうものを断ち切りたいから空軍を選んだのだ。レオンは小さく「はい」と答えると席を立った。

（2）

「え？」

大学のゲートを通る時、ダニエルは思わず立ち止まった。門前でさよならするはず、と思い込んでいたエディが、そのまま自分と同じようにゲートにＩＤをかざし付いてくる。エディは口元を綻ばせた。

「今日から私も三年生に編入しましたので、よろしく、先輩」

ダニエルは目を見開いた。

「……編入って……」

「編入試験を受けました。学科の二年間の資格は士官学校で取っていますからね。同級生ですよ。いやあ、しかし難しかったですね。ぎりぎり及第ってところで」

「そうじゃなくて、どういうことだよ？　大学内でも僕を監視するってこと？」

「前任者とは違う、そう了解いただけたはずですよね？」

ダニエルは舌打ちした。

（『監視』を否定しなかったぞ、こいつ）

エディと彼の部下たちは零時の引き継ぎの時は軍服で現れた。平服の時はそれほどでもなかったが、軍服姿だとやはり軍人らしく精悍に見えた。大勢の部下にてきぱきと指示し、部下たちもそれに従いすぐに動く。とても同じ年に見えない。圧倒されるような気がした。今はまたラフな私服姿だが、一度見た軍服姿が目の前にちらついた。

彼は自分とは違う世界の人間なのだ。ヒースと同じ軍人。いやそれ以上に。

早足で歩きながらエディは言った。

「ずっとつきっきりというわけではありません。昨夜も申し上げたように、中隊長として別の役目も仰せつかっています。その時は別の部下を配しますが。ただ、時には大学構内でお護りすることも我々護衛官の任務の一つなのです。それだけ大切な方。そのことを自覚してください」

「大切なのは親父だろ？」

「ええ。あなたはその大切な首相のご子息です。しかし万が一、あなたの身に何かがあったとしても首相は私意で動くことはできない。仮に、あなたとキリルを引き換えにしなければならない事態になったら、あなたを諦めなければならない。あなたのお父上はそういう立場のお方です。今さら申し上げるまでもなく」

「どうせ僕はその程度の存在さ。親父にとっては自分の立場の方が大事なんだ」

　エディは横を歩くダニエルを睨んだ。

「どこの世界に子どもを平気な顔で諦める親がいますか？　だからこそお父上に代わって我々があなたを護っているんです」

　ダニエルはげんなりと肩を落とした。

（理屈が多いし、説教好きだし、まだヒースの時の方が自由でよかったよ）

　エディも腹の中で溜め息をつく思いだった。ダニエルに情を移さないよう距離をとろうと意識しすぎてつい小言が出てしまう。自分の中の違和感に気づいてもいた。その違和感がいつか任務の妨げになるのではないか。かすかな不安もこの時感じ始めていた。


「今日はなぜ顔を見せてくれなかったの？」

　ディスプレイの中のメイエンはふくれっ面だった。頬をふくらませたその顔も綺麗だ。

　ダニエルは自室の中にある書斎に閉じこもっていた。ここでなら護衛官に邪魔されることもない。

「今日から護衛が替わるって言ってたと思うけど、今度の奴、大学内にまで付いてくるんだ。だから今日は早めに帰った。サークルまで邪魔されたくないし」

「それって今日一日ダニエルにくっついてた背の高いイケメン君？」

「そう。同い年だっていうのに説教たれてうるさい奴」

「彼も連れてくればいいじゃない。歓迎するわよ」

「だって軍人なんだよ。あれでも」

「私たちがキリルのために考えていること、軍の人に聞いてもらうのも悪くないわ。考えておいて」

「うん……。でもまだ奴のことよくわからないし、もう少し様子を見てね。行くなって言い出しそうでさ」

通信はここまでだった。ダニエルは長い吐息をつくと椅子の背に凭れ掛かるようにして天井を見つめた。また軍服姿のエディを思い浮かべる。

（メイはああ言ってくれるけど、サークルの中にまで踏み込んでほしくないな）

せっかく見つけた自分の居場所、自分の仲間たち。そこに軍の人間を入れたくない。しかしそれだと護衛がいる間サークルへ行けないということになる。メイエンの言うように果たしてエディはサークルでの話題に快く耳を傾ける人間だろうか。ダニエルにはまだ判断できなかった。

「どうでしたか？　大学の方は」

首相と共に公邸に帰ってきたアンドリュー・クレイトン少佐が尋ねる。彼は去年の大晦日のイベントではエディの副官を務めていた。当時は大尉だったが、宇宙開発庁の長官を身を挺して護ったことが評価されて、少佐に昇格している。このたびの任務はクレイトン自ら志願した。今回は以前よりエディの部下が多く配置されていたので副官も二人。クレイトンはその一人で、首相の護衛の指揮を執っていた。が、エディは中隊長の立場として、ダニエルだけではなく首相、そして官邸や公邸全般に目を光らせなければならなかった。

ダニエルの側にいられない時は、もう一人の副官セルゲイ・イワノフ少佐に指揮を代わる手筈になっていた。サザンクロス空軍総長自らが人選した男だ。彼も今ここにいて、幹部の初日報告会に参加している。

「講義など聴いている余裕なんかないぞ」

「まあ目的は学問でないですからね。でも単位は落とさないようにお願いしますよ。来年度まで任務が延びた時にまずいでしょう？」

「それまでに終了といきたいところだな」

クレイトンもイワノフも頷いた。エディはイワノフに向き直る。

「セル、君がダニエルに付く時は大学に入る必要はない。他の者にも言っておいてくれ」

「泳がせるというわけですね」

エディは悪戯（いたずら）っぽい笑みを浮かべた。

「他の護衛役、いや監視役かな。彼らに任せるってわけだよ。たまには手綱（たづな）を緩めてやらないとな」

当分ダニエルには真の意味での自由はない。エディはその策を半ば渋々やっている。クレイトンの言うように、来年まで任務が延びてしまうことがあれば、自分はこの違和感に耐えられるだろうか。

だがミッションはまだ始まったばかりだ。そして必ず成し遂げなければならない。キリルに巣くう真の闇の正体を明らかにするために。


エディの護衛付きでの大学行きが三日続いた。その三日でダニエルは耐えられなくなった。明日から、いよいよ憧れのアンダーソン教授の特別講義が始まるというのに、エディの存在がその高揚に水を差す。三日間我慢しただけでも自分を褒めてやりたい気分だった。だがこのままだと本当にメイエンたちのサークルに参加できなくなる。

その日の講時が終了した後、ダニエルは手洗いに行くと言ってエディから離れ、窓から這（は）い出すようにして逃走を試みた。

だが、ものの数秒もかからぬうちにエディに気づかれてしまい、追われる身となった。敷地内のあちこちを走り回る。しかし、いつ振り返っても一定の距離をあけてエディの姿があった。自分は必死で駆けているのに余裕たっぷりのエディの走り。

ダニエルは舌打ちした。

(あれは、からかっている。絶対馬鹿にしている。でも……。でも、こっちの方が大学内には詳しいんだから)

ダニエルは急に方向転換した。狭い路地から構内に入り、とある部屋の数ある机の下にもぐり込んで、息を整えた。心臓がせわしなく動き、乱れた呼吸はなかなか落ち着かない。

「もう限界ですか?」

ダニエルは驚いて机の底にしたたか頭をぶつけた。隠れている机の下を覗きこんでエディが笑っている。息ひとつ乱れていない。

「腹具合が悪いのかと心配しましたが、そうでもなかったんですね。でもこれくらいで息が上がるような体力では、技術士になっても務まりませんよ」

言い返せないほどダニエルの呼吸は荒かった。

その翌朝からエディはダニエルを早めに起こした。五時起床。軽いストレッチをして勉学。朝食はゆっくり早めの時間にとり、一時間ほど間をおいてスクワット。それから大学へ。帰宅後は夕食まで勉学など。夕食後はしばらく休んでからストレッチとウォーキング。慣れてきたらジョギング。それを少しずつ続け、量を上げていく。そんな生活パターンを作ることにしたのだ。今まで登校ぎりぎりまで眠り、朝食を抜くことが多かったダニエルは不平をぶつけた。

しかしエディは有無を言わさず強引にベッドから引きずり出した。

とんだ藪蛇(やぶへび)だ。サークルがよけいに遠のいていきそうな雲行きになってきた。

しかし早起き一日目から体も頭もすっきりした気分だったのが不思議だった。

その日初めて受けるアンダーソン教授の特別講義も、その気分のまま聴くことができた。

エディはこの講義をとっていなかったので廊下でダニエルを見守る。選考漏れの学生が大勢廊下に詰めかける中にエディも交じっている状態だった。

「ダニエル・フランチェスカ君だよね？」

講義の後、隣にいた学生が声を掛けてきた。他の講義ではいつもエディがそこにいる席だ。

「そうだけど……」

「僕は地球からの留学生のロイ・ハモンドだ。よろしく」

差し出された手を握り返す。エディはその様子をじっと見つめていた。

ロイ・ハモンド――実は昨年暮れのミッションでエディの部下だった、ウォルター・レガルト少尉だ。今は名を変え学生として、エディたちよりも一足早くに、キリルに潜入している。

エディが側にいられない時、代わりにダニエルを護衛する役目だった。が、レガルトには他にも重要な任務があった。

「アンダーソン教授の講義だけ君と同じなんだ。よかったらこれからも隣、いいかい？　まだキリルに慣れてなくて、友達もいないんだ」

「喜んで」

新しい友人ができそうな気がして、ダニエルは顔を綻ばせた。だが結局その日もメイエンたちのサークルに行くことはできず、ダニエルはエディと共に、イワノフの運転する車で帰途についた。

「少佐」

ダニエルはイワノフの後頭部を後ろからつついて声をかけた。

「何でしょう」

「君や他の部下たちは大学に入らないの？」

「はい。大勢の護衛付きはあなたも嫌でしょう？　中隊長の考えですが」

「へえぇ」

ダニエルはエディを横目でちらりと見た。エディは無言で真直ぐ前を見ている。というよりもその目はバック側のレコーダー画面に釘付けだった。イワノフが呟く。

「気になりますね」

「何が？」と言いたげにダニエルはエディの横顔とイワノフの後頭部を何度も見た。

　他のエディの部下たちの車も二台ついてくる中、もう一台、見知らぬ車が先ほどから一定の距離を保ってついてくる。バックレコーダーに映る運転手には心当たりがあった。変装で少し人相を変えているが、今回のミッションの別部署の軍人。エディはそのデータを目にしていたが、それを口にすることなく、イワノフに車を近くの店の駐車場に入れるように指示した。さっきの車も続いて入ってくる。エディたちの車の隣のスペースに止めて、運転手が降りてきた。辺りに目を配ったあと後部に回り、手元のスイッチを押す。自動で開いたドアから小太りの中年男性が現れ、こちらの車を覗きこむ。ダニエルは迷惑そうに顔を背けた。

「何か？」

　車から降りて、エディはダニエルのいる後部座席を塞ぐように立ち、尋ねた。目の前の小太りの男はフランク・ラージェル。連邦軍が密かに捜査対象としている一人だ。

「あなたが首相公邸の新しい護衛責任者ですか、ウォーレン中佐。グレッグソンでのご活躍、拝見しましたよ。いやぁたいしたも……」

「私にご用でしたら先に近衛部隊責任者のリカルド・ドミニク大佐を通してください」

「そっけないですなぁ。首相のご子息のお車をお見かけして、ご挨拶（あいさつ）をと思っただけのこと」

ダニエルが窓を開けた。

「エディ、知ってる人間だ。親父のだけど」

「キュリロス財団会長のフランク・ラージェル氏ですね」

ラージェルは、にやりと笑った。

「グレッグソンの英雄に知っていただいていたとは光栄ですな」

ダニエルが訝しそうにエディの背中を見上げる。その背中の向こうからラージェルの少し大きな声がした。

「ご子息、実は今月末に私の長女の誕生会を自宅で開く予定なのですが、よろしかったらご子息もお越しください」

「ええぇ？　なんで僕なんかが。あんたの娘なんか知らないし」

「キリル工科大の有志の学生さんたちに、子ども向けのイベントをお願いしているんです。よろしかったらぜひ」

エディは相変わらず、にこりともせずラージェルを見返した。

「必然的に我々も同伴することになりますよ」

「結構です。中佐もキリル工科大の学生さんですしね。あと何人かお見えになっても。賑やかな方がよろしいですし。ただ子どものためのパーティーですので軍服はご勘弁ください」

エディは振り返ってダニエルに微笑みかけた。

「あとはあなた次第ということですよ」

「えぇぇ？」

ダニエルが渋い顔をした。

「ご子息は何かサークルに入っていらっしゃいましたね。そのサークルのメンバーも三人ほど来てくれるそうですよ」

ダニエルの顔が一瞬にして華やいだ。

「後ほど正式な招待状をお送りしますので、期日までにゆっくりお考えください。お時間をとりました。では失礼」

ラージェルの運転手が主人を後部座席にいざない、エディに一礼する。エディも二人に向かって会釈を返すとダニエルの隣席に戻った。

「僕が行くならエディたちもってことだよね」

エディは微笑し頷いた。ダニエルはうなり声を漏らす。しかし、サークルのメンバーも三人来るという、ラージェルの言葉に心は動いていた。メイエンもその一人かもしれない。エディという監視はあるけれど会いたい。何のイベントを用意するんだろう。その手伝いということならメイエンに会えるかもしれない。

少し心が浮き立った。

「ラージェルが首相の息子をパーティーに招待していましたよ」

その日の夜。家内中の点検をすませると、オークランド父子は軍人と士官候補生に戻っていつもの報告会を行った。

「本社の役員の他、キリル工科大関連では理事長のプザンと学生の有志を呼んでいます。リストはこちら」

ザルツに手渡されたチップをレオンは自分のモバイルに挿入する。

「印を入れている学生は連邦軍の潜入組です」

印が一つあった。

「首相の息子ダニエルの護衛官エドワード・ウォーレン中佐の同期生ですが、身分を隠しての潜入者です。他、ダニエルが出席の意向でしたら、護衛官が同伴ということになりそうです」

「ウォーレン中佐？」

「はい、彼も学生としてダニエルの身辺警護に当たっているので」

故郷の湖で出会った時からの憧憬（どうけい）と、そしてもうひとつの何かが、レオンの胸をよぎる。

あのヒロセという記者の言葉。父の事件に、幼年科の卒業生が絡んでいるらしいという。エディは父が調べていた元軍人のテロリストの息子だ。心を許してはいけない相手かもしれない。いや、まだ誰であれ、気を抜いてはいけない。教官のマーク・ミラーや陸軍のルーディア・サランも幼年科の出だ。ヒロセはミスリードに気をつけるように言いながら、なぜあんな情報をくれたのだろう。自身の目や耳で確かめろということなのだろうか。先輩という憧れや敬意という情にのみ込まれるなと。

「どうかしましたか？」

ザルツの声にレオンは我に返った。今はこのミッションに専念しなければ。

「いや、なんでもない。引き続き、招待客のことなど何かあったら知らせてくれ」

その翌日。

学校ではフェリシアの周囲に女子、ケヴィンの周りには男子が群がっていた。二人の誕生会のことはすでにクラス中の話題になっていた。それもそのはず、ラージェルは一クラス全員と担任ノース先生ことマーク・ミラーも招待したのである。今までフェリシアの希望で家族だけのささやかなパーティーであったのだが、今年はケヴィンの歓迎の意味も含めての誕生会。一番戸惑っているのはフェリシアかもしれない。

母親譲りのきれいな顔立ちだけでなく成績も常に上位。しかし目立つことを好まない性格からか、特定の友人を作ってこなかったフェリシアだった。それがかえって男子から神聖視され、近寄りがたいが憧れの目で見られることになったというのは、当の本人も知らないことだった。

今年度は地球からの転入生ケヴィンがいて、それがまたフェリシアと対になるほどの美形で成績優秀、その上フェリシアが苦手なスポーツも得意ときているので、今度は女子の憧れの視線を総取りしていた。

その二人の誕生会と聞いて、クラス中が二人の関係や相手への思いなどに、好奇の目を向けたというわけである。

「ね、ねえ。ケヴィンのお父さんってフェルのお父さんの運転手さんでしょう？　家って近いの？　一緒に過ごすことも多いの？」

「ケヴィンって何が好き？　プレゼントは何が喜ぶのかな？」

そんな質問責めにフェリシアは困惑顔を返すばかりだった。

一方ケヴィンの方も、フェリシアといつも一緒に車で送迎されている理由や、フェリシアの好みを訊かれていた。

「そうするようにフェリシアのママから言われたんだ。フェリシアの妹の希望みたいだけど。でもフェリシアの好みは判んないなぁ。学校にいる時と同じであまりおしゃべりする子じゃないし。まあ、プレゼントは何でもいいんじゃない？　女の子の好きそうな物ならさ」

男子が向ける羨望の目をはね返すようにケヴィンは淡々と答えていた。

それにしてもこのパーティー、一体何人が呼ばれているのだろう。子ども向けにしては大学生、それも首相の息子にまで声をかけるとは。ラージェルとキリル工科大、あるいはキリル州自治行政とのつながりは、ことのほか深い様子だ。果たして首相の息子は来るのだろうか。そしてあの人も……。

何かが起こりそうな胸騒ぎがした。


ルーディア・サランがマリー・ロイスと名乗ってラージェル家を訪れたのは、数日後のことだった。フェリシアとリリアスの家庭教師のアルバイト学生という触れ込みだ。リリアスの希望もあり、ケヴィンもラージェル家での学習を許可された。何もかもがすんなりと決まるのが、かえって不審だった。

ラージェルは子どものことは妻のクレアに一切任せている。家庭教師を決めることも妻に一任していた。

それだけの信頼を受けている存在、夫妻の役割分担もできているのだろう。しかしあまりにもこちらに都合よく配置を決めてくれる。毎回職員寮の部屋もかなり念入りに調べているが、盗聴器、隠しカメラの類(たぐい)はない。クレアはもしかすると軍側の人間。自分たちと同じようにラージェルのもとに潜入している捜査官なのでは、という疑いもふと持ち上がる。

だがそれを打ち消す思いもある。ラージェルの子、リリアスの存在だ。身体を許し、子を宿し、そして産み育て……。そこまで身を挺する捜査官がいるのだろうか。

ラージェルよりも、むしろ夫人クレアの方に、レオンは違和感を覚えていた。

(3)

とうとうチャンス到来。

その日エディは近衛部隊の将校会議や上司への報告のため、ダニエルの護衛から離れた。

近衛部隊はキリルの要人警護の他、主要官庁の警備任務を担当する部署である。昨年暮れの地球連邦首都府のテロ事件に、その近衛部隊の将校が加わっていた。そのため全員が地球帰還を命じられた。関わりないと判断されればキリルに戻る者もいるのだが、その繋ぎとして地球から派遣された部隊にエディは所属している。首相と息子ダニエル、そして二人の住まいでもある首相公邸の警備や護衛を受け持っていた。

時々他の用件で側を離れる。そう着任時に聞いていたのがやっと形になったのだ。エディが側にいない時は副官の一人イワノフ少佐が替わるのだが、彼は大学に入ることはない。ダニエルは久方ぶりに護衛なしの自由を満喫しながらその日の講義を受けた。

当然サークルにも寄るつもりだった。なので朝からわくわくしていたのだが。

「今日はサークル、休みよ。というか、当分私とジェフとスティーブは行かなーい」

昼休み、学食で出会ったメイエンが笑いながら告げた。肩を落とすダニエルの背中をなでながらメイエンは続ける。

「ラージェルさん、知ってるでしょ？　あの人の娘さんの誕生会にイベントを頼まれていて、私たちも出席するの。サークル外の学生もいるから皆でその準備もあるのよ。ダニエルもどう？　一応物理の実験や、ロボットのゲームやダンス、ロケット工作のレクチャーあたりでどうかなって話が出ているんだけど」

「うん、やるやる。でも今日の仕事がすんだらまたあの護衛官が一緒なんだ。それでもいいかなぁ」

「あの人もうちの学生でしょ？　ラージェルさんさえいいなら大丈夫じゃない？」

そうだった。ラージェル自身が了解していた。それにイベントの手伝いをきっかけに、サークルのことを理解してもらえるかもしれない。

ダニエルはたちまち顔を綻ばせ、大きく頷いた。


首相公邸に隣接した官邸。公邸が首相の自宅ならば、官邸は公務の場である。キリル州はその区分がはっきりしており、公邸は首相家族の身辺の世話をする者たちや護衛官、警備の兵はいるものの、首相のプライベートが守られている。対して官邸は政財界やプレス関係の出入りも多い。首相が不在でも、副首相など必ず閣僚クラスの誰かが代行していた。それ故、官邸の中に近衛府の本部も置かれていた。

「それで？　ダニエルはその話、受けると言うのかね？」

ドミニク大佐が無表情で尋ねる。彼は近衛府の最高責任者。表向きは空軍所属将校だが、その実は情報局から派遣されている。情報局は陸海空軍すべての管轄を越えての捜査権を握っている。特に彼はスパイ工作のエキスパートだ。現在のエディの直接の上官ではあるが、本来の所属は公にされていない。

「今は迷っている様子ですが」

「必ず行く気にさせろ」

言われるまでもなかった。ラージェルに近づくチャンスだ。そして他の学生にも。呼ばれているキリル工科大の学生の中にはラージェルの手なずけた者もいるだろう。あの学生テロリストの仲間のうちの誰かが。彼らと接触する機会にもなるかもしれない。

会議と報告を終えるとエディはゆっくりと官邸内を歩き回った。官邸に詰めている部下も十数名いたので、それぞれの部署に顔を出しながら報告を受ける。

その過程で首相に出会った。首相の護衛をしているクレイトン少佐の班の状況を見るためだった。首相はエディをにこやかに迎えた。今日は官邸に行くとあらかじめ報告をしている。

「君に会ったら礼を言おうと思っていた。ダニエルだが、君が毎日鍛えてくれているおかげだろうね、なんだか体つきや表情までも変わってきたように思うんだが。いやいやだったろうが、君の言うことは、よく聞いているようで安心したよ」

「彼が努力しているからです。私は少しばかり手を貸しただけで」

「今後も息子のことを頼むよ」

「はい」

深入りしない程度に、と腹の中で自分に言い聞かせながら、エディは首相の前を辞した。

公邸に帰り、部下たちに指示していると、ダニエルが帰ってきた。軍服姿で会うのは久しぶりだ。ダニエルは一瞬足を止めると、まじまじとエディを見つめた。

「やっぱり君は軍人なんだね。忘れるところだった」

同じ年なのにエディはもう大人として仕事をしているのだとダニエルは思った。年上の部下に囲まれ、その年上たちが皆、エディに敬意を払いながら働いている。自分も年上の学友に囲まれてはいるけれど、エディはまったく別の世界にいる。その時感じた何かが、この時のダニエルにはわからなかった。それが畏敬であり憧れのようなものであることを。

「エディ。ラージェル氏んとこのパーティーだけど、行くことにしたよ」

「わかりました。それではその方向でこちらも準備します」

「学生が何人かイベントに参加するんだよね？　あれ、僕も手伝うつもりだ。だからそのために、明日から帰りが遅くなる。君はまあ……、好きにすればいいや」

「そういうことでしたら私もお手伝いしますよ。面白そうですね」

エディは一瞬笑ったが、すぐに無表情になった。最後の一言は蛇足（だそく）だ。

「へえ、意外」

ダニエルはほんのりと喜びが湧き上がるのを覚えた。


ワイネマン工科大学からの客員教授オスカー・アンダーソンは、週二日をキリル工科大の講義に充てている。他の日は附属の高等部、中等部、初等部でそれぞれの年齢に合った授業、またその他キリル政界や企業や諸団体にも請われての講演やセミナーなど、キリルに滞在する三か月の間、ほとんど休みが取れない状態だった。

「少しは息抜きもしないと。君は休むことを知らない。昔からだ」

キリル工科大学長室。

その日の講義終了後に立ち寄ったアンダーソンに、学長バナティがそう言って労った。アンダーソンもバナティもＭＩＳＴ（ミスト）という組織の人間だ。ＭＩＳＴは政界でも財界でも軍でもない独立組織。地球（テラ）連邦ができた折、陰から地球民族全体を監視し、軌道修正するために作られた。

それぞれが表の顔とは別に極秘裏にミッションを受けて動いている。時に同じＭＩＳＴのメンバーであっても互いの正体を知らないまま、同じミッションを受けることもあるが、二人は表の肩書が学術系であり、共に任務にあたることが多かった。

「エドワードには会ったか？」

と、バナティ。アンダーソンは頷いた。

「大学で時々見かけるよ。私やダニエルを護っている。私にはいずれ『ラグナロクの証人』が近づくはずだ。しかしダニエルまで巻き込むのはどうだろう。それが軍の方針だが気が進まない」

「君らしいね。だが私は君が連中に取り込まれるのも気が進まないよ」

「志願したのは私だ。奴らが欲しい物は私の頭の中にある。志願しなくてもいつかは、この餌に飛びつくだろう。彼女はもっと過酷だよ。それを思えば楽な役目だ」

「彼女とコンタクトは？」

「会ってはいない。ここへ来た時に暗号メールは入れておいた」

「そうだな。今は会うべきではないな。このミッションが無事に終了するまで、お互いの関係が知られるのはまずい。ラグナロクの目がどこにあるかもわからない今の状態ではな」

バナティは深く溜め息をついた。

「だがな、ここだけの話。彼女も我々も、ＭＩＳＴの多くはＭＩＳＴになるべくして生まれた。幼い時からその訓練も受けている。そのほとんどが親から子への世襲制だが。ずっと気になっているんだ。誘拐で連れてこられるわけではないにしても、ラグナロクの証人のロキの子どもに似ているとね。ＭＩＳＴは……。いや、やめておこう。憶測でしかない話だ」

アンダーソンは頷いた。

「そうだな」

アンダーソンも同じように不安になる時がある。ＭＩＳＴを作ったのは初代大統領のレオンハルト・ガルミッシュだとは聞いている。だがそれからすでに五世紀が過ぎ、今は誰が管理しているのかも彼らは知らない。委員会的なものがあって、その会議で自分たちに役回りが振られてくる。連邦の正義のためと信じて事に当たっているが、何者かの意向によって動かされているのではないか、本当にＭＩＳＴとしての自分たちの行動に間違いはないのだろうかと。

キリル工科大。その日は休日だが自主研究やサークルのために校門をくぐる学生も多い。ダニエルとエディも学舎内のある研究室に向かっていた。待ち合わせにはまだ時間があったが、すでに数人の学生が来ていた。キリル友好の会のメイエンたちだ。

「ダニエルじゃない。参加してくれるのね」

扉を開けた途端に、メイエンが少し高めの声でそう招き入れ、それから横にいるエディに目をやった。

「あなたのことはいろいろ聞いているわ、ダニエルの護衛の軍人さん。名前は……、そういえば聞いてなかったわ」

「エドワード・ウォーレンです。はじめまして。あなたは?」

「へぇ」

メイエンとジェフリーが顔を見合わせる。

「私はメイエン・ウェイ。これはジェフリー・コンラッド。それからスティーブ・スミス。スティーブは地球からの留学生よ。私たちダニエルとはサークル仲間なの。でもねぇ、あなたが来てからはダニエルの足が遠のいちゃって。終始張りついている人がいるとねぇ」

「テロリストの息子が護衛ってさ、変じゃない?　知ってて選んだのか?」

ジェフリーが口を挟む。

「え?　どういうこと?」

ダニエルがその場の全員の顔を見回す。

「余計なこと言わないの、ジェフ。ダニエルが護衛の人選するわけじゃないでしょ。選んだのはお父様か軍のお偉いさんよね、ダニエル」

メイエンに顔を覗き込まれ、ダニエルは戸惑い、ちらりとエディを見た。エディはただ黙していた。

メイエンたちについてはダニエルに接触した学生として調査済みだ。そのサークルについても。しかし届いた報告は当たり障りのないもの。仮に彼らがロキの子どもの出だとしても、それとわかる経歴はうまく隠しているだろう。だが今なぜ、父のことを持ち出すのか。何かの意図があるのか。それとも他の多くの者たちのように、生い立ちや経歴で、自分を判断しているだけなのか。エディにはまだわからなかった。

「どういうことなんだよ、テロリストの息子って」

戸惑うダニエルにジェフリーが何か口を開きかけた。メイエンがパンパンと手を鳴らす。

「おやめなさいな、ジェフ。せっかくこうやってダニエルが来てくれたのに水を差すつもり？もうすぐ他の学生も来る頃よ」

「そうだよ。今日はラージェルさんとこのパーティーのための会合だよ。空気悪くしちゃだめだよ」

黙って聞いていたスティーブも口を挟んだ。

そのすぐ後に次々と他の学生たちがやってくる。顔見知りの学生も何人かいたが、ダニエルは向こうの会釈にも応えることなく顔をひきつらせていた。

自分の護衛官なのに、自分が知らないことをなぜメイエンたちが知っている？　納得できる答えを誰からも告げられず、もやもやした気持ちを抱えたまま集会は始まった。

議題はラージェル家で開かれる子どもたちの誕生パーティーの出し物について。主役はラージェルの娘とラージェルのお抱え運転手の息子。二人はキリル工科大の附属学校の初等科で同じクラスでもある。同級生もこぞって来るということなので、子どもたちが楽しめるショーを用意することにしていた。

工科大らしく、化学マジックやロボットを使うのはどうか、ということでこれまでにも具体案は出ており、その日は早速その役割分担でのチーム編成などが決められた。

ダニエルはエディと共にメイエンたちのチームに加わり、ロボット製作を手伝うことになった。次の日からチームごとの本格的な準備作業となる。

その日はそれで散会となり、帰り際ダニエルはジェフに尋ねた。

「エディがテロリストの息子って一体どういうこと？」

ジェフリーはダニエルの側にいるエディを一瞥し、早口で答えた。

「こいつの父親は一〇年前のグレッグソン・テロ事件の犯人だぜ。知らなかったのか？」

ダニエルは思わずエディに目をやった。

「本当？」

「ええ」

エディは顔色ひとつ変えず肯定した。

「自己紹介の時、自分のことをほとんど言わなかったよね。それで?」

「いえ」

隠すつもりなら名前を変えている。エディと同姓同名の者は、ロバート・ウォーレンの子と言われるのを嫌って改名するか、ミドルネームを名乗ることが多かった。後見人のダグラス・ワトソンもそれを心配して自分の養子になって姓を変えるよう何度も勧めた。その話は断り続けている。エディなりの考えもあったから。しかしダニエルは別のことを考えていた。

「言えなかったのは自分の汚点だからだろ? エリートの君にとっては大きな汚点だものな」

ダニエルはサークル仲間の方を信頼している。自分は盾としてダニエルを護りながら彼の周辺の学生の動きを監視する役目だ。自分がどんな人間に見られるかはどうでもいいこと。エディはそう割り切っていた。割り切っていたはずだった。しかし何だろう。胸の奥がズキズキと痛んだ。

「ジェフ、ありがとう。また明日」

ダニエルはジェフの後、メイエンにも軽く挨拶を交わすと、足早に学舎から出ていく。エディもすかさず追った。

二人になるとダニエルはエディの方を見ようともせずに声をくぐもらせて呟く。

「僕は一〇年間、親父と親子らしい時間を過ごしたことがない。グレッグソンで前の首相が殺されて、親父がその後釜に就いたせいだ。あの事件は親父にとっては幸運だっただろうけど、僕とおふくろにとっては不運でしかなかった。おふくろは親父のハードなスケジュールの犠牲になった」

「……」

「少しは尊敬してたんだ、君のこと。同じ年なのにもう社会人として働いている。それも将校格の軍人だ。年上の部下たちを従えて何でもできるし。すごいなって。裏切られたよ」

「……」

「なんで黙ってるんだよ！　言い訳していいよ。すれば？　それとも隠し通せると思ってたのか？　キリルの人間は一〇年前のテロ事件なんか興味ないとでも？　そりゃあ僕も詳しくは知らなかったさ。だから君のことも……」

「……」

「何とか言えってば。親父は？　親父は知っているのか？」

「ご存じです」

「……そうなんだ。じゃあ二人して僕には黙ってたってことなんだな」

「首相はあなたに隠すお考えではなかった。私をあなたの護衛に任じたのは首相ではなく、軍です」

「同じ年だから仲よくやれとでも？」

「私はあなたの盾にすぎません。それ以上の関係には……」

「友達にはってこと？　フン。そんなこと誰も望むもんか。帰ったら親父に言ってやる。親父から君の上官に君を首にするように言わせてやる」

そこまで吐き捨てると、ダニエルは足を早めた。


翌朝エディはいつものようにダニエルを起こしに行った。

ダニエルの部屋の居間の続きに護衛官の詰所があり、そこには常時二〜三名の兵が詰めている。エディは別の所に自身の居室もあるが、たいていダニエルの居間のソファーをベッド代わりに就寝していた。

「おはようございます。ダニエル、起床時間ですよ」

軽くノックしながら声をかけてみたが、ダニエルは顔を出さなかった。その代わり弱々しい声が返ってくる。

「気分が悪いんだ。今日は大学休む」

エディは扉を睨んだ。

「医者に来てもらいますか？」

「いらない」

「……わかりました」

エディは一つ溜め息をつくと、ダニエルのベッドルームから離れた。詰所に待機中の部下たちにダニエルのリビングで待機するように指令する。

「大学を休むと言っているが、彼の気が変わったら言ってくれ。私は庭にいるから」

「了解しました」

エディは一人部屋を出ていく。それを見送って部下たちは顔を見合わせた。

「何かあったのかな。昨日帰ってからなんだか重い空気が」

「昨夜首相とご子息が何かやりあったって話だぜ」

「父子喧嘩のとばっちりかよ。気分で大学休むなんざ、いいご身分だな」

一方ダニエルはベッドルームの窓のカーテンの陰から外を見ていた。庭園が見える。いつもこの時間エディと朝の体操をしているそこが一望できた。

しばらく待つと、まだ薄暗いそこに見慣れた人影が出てきた。いつものストレッチの後、ダニエルとはやらないアクロバットや武道の型を入れて体を動かしていた。

ダニエルは肩を落とした。

昨夜帰ってきた父にエディの解任を迫った。自分には軍の人事に口を挟む権限はない、と言う父に意見くらいは言えるだろうと食い下がった。理由を聞いた父は笑い飛ばした。

「おまえは身勝手だ。自分が言われて嫌なことを彼に言うんだな」

それでこの話は打ち切り。ダニエルは腹を立てたまま、夕食もとらずにベッドに潜り込んだが、一睡もできなかった。

父の言葉が胸に突き刺さっていた。自分は首相の息子として見られるのを嫌っていた。周りの者が自分の後ろに父の存在を重ね、自分に気遣うのが嫌でたまらなかった。近づいてくるほとんどの者が、自分ではなく父とお近づきになりたいと考えているような連中だった。自分への評価は父への評価。自分への賛辞は父への賛辞。首相の息子としてではなくただのダニエル・フランチェスカとして見られたい。いつもそう思っていた。なのに自分がエディに浴びせた言葉は……。エディをテロリストの子として批判した。彼の父親のことを知らずにいた時は彼を彼として評価し、尊敬すら覚えていたのに。父の言う通り、自分がされて嫌だと思っていたことをエディにやってしまった。一〇年前、彼は六歳。彼自身がテロ事件を起こしたわけでもない。それでも今日のジェフリーのように、彼をテロリストの息子として色眼鏡で見、批判した者が多かったろう。自分もその一人になってしまった。

ダニエルはカーテンを閉じ、ベッドの縁に座った。「ごめん」と言えば彼は許してくれるだろうか。ただの盾などと言っていたが友達になってくれるだろうか。考えてみれば同じ年頃の友人はいない。エディと普通に出会い、互いを認め合い、友達になりたかった。心のどこかで。

ダニエルは自分の中に芽生えたエディへの友情に気づき始めていた。


一通り体を動かして、エディは庭園のベンチに腰を下ろした。水を飲みながら顔を上げ、ダニエルのベッドルームの窓を見る。そこにダニエルの視線を感じた時もあったが、今はない。やはり今日は休むつもりだろうか。

「いつも早いんだな君は」

そんな声がして振り返ると、ガウン姿のフランチェスカ首相が立っていた。エディの副官クレイトン少佐がその傍で敬礼してくる。エディは立ち上がって一礼した。

「おはようございます」

「おはよう。昨日はすまなかったね」

エディは小さく苦笑いした。

「私は彼の護衛官で居続けてもよろしいのでしょうか?」

「昨夜息子から聞いた。君の生まれのことで辞めさせろとか言っていたが、その場で却下した。

君の身上は、あれには何も伝えていなかった。言う必要のない経歴だと判断したからだが。ダニエルはあのテロ事件で自分の立場が変えられたと思い込んでいるのでね。君にもたぶん酷な

ことを言ったのではないか。悪く思わんでくれ」

エディは笑顔で頷いた。首相はほっとしたように笑みをこぼす。

「あれの恨みごとは私に対してであって、君に対してではないのだ。私は親らしいことを何一つやってやれないまま今に至っている。こんな立場でなければもっとダニエルの将来の夢とか学校のこととか、話を聞いてやる時間も作れるのだろうが……」

首相はまだ何か言いかけたが、かぶりを振り、エディに微笑みかけた。

「すまなかった。愚痴として聞き流してくれ」

首相はそれだけ言うと踵を返し、公邸に入っていった。エディはその背中を見ながら、父ロバートや母ソフィアと過ごした幼い頃を、ふと思い出していた。そしてダニエルが羨ましくなった。反抗し反目する親であっても、その存在がすぐ側にあるということが。いくら恋しくても、腹を立てても、自分にはそれをぶつける相手はもういないのだから。

（4）

ラージェルの屋敷は、キリルの第一富豪らしく、州都オリンポスの郊外にある。広大な敷地内には住居の他、ゲストハウス、プライベートゴルフ場、クラブハウス、テニスコート、プール、森、温室や水場付きの庭園、個人美術館、鳥小屋などがあった。

鳥小屋は子どもたちが飼っている小鳥たちのためのもの。網（あみ）で囲われたそこには樹木や草花も植えられ、ちょっとした箱庭のようになっている。また庭園には常時庭師が手を入れている。植物好きな妻クレアのためにラージェルが用意した。ちょっとした植物園ほどの規模のそこは、クレアだけでなく、子どもたちやラージェル邸で働く六〇余名の使用人たちの憩（いこ）いの場でもある。キリルは温暖な気候に設定され、常時色とりどりの花が咲き誇っていた。

その日は休日。朝から娘たちの他にケヴィンも加わって庭で過ごしていた。植物の世話やハーブなどの収穫の後、サンドイッチや焼き菓子をつまみながらのランチを楽しんでいる。

一番はしゃいでいたのはリリアスだ。ケヴィンのことは一目会った時から好きになった。姉のフェリシアと同じクラスだと知ると羨ましがった。それでもいつも登下校は同じだし、こうやって一緒に過ごす時間も多い。それだけでも嬉しくて舞い上がった。

フェリシアは、そんな妹の初恋のような想いを感じ取っていた。休日も父フランク・ラージェルは家を空けることが多く、母クレアと姉妹とで過ごす時間が多かったが、今はそこにケヴィンがいる。母は何かとケヴィンを気にかけているようだし、リリアスも夢中だ。そのことをあまり喜べない自分にもまたフェリシアは気づいていた。

「お嬢様方」

執事長のアナンドがモバイルをポケットに入れた。フランクの父の代から仕える古株だ。

「家庭教師のマリー先生が来られたようです。お三方にプレゼントがあるそうですよ」

「プレゼント？」

リリアスが真っ先に立ち上がって問い返す。

「来週のパーティーは欠席ということでしたから、今日お持ちくださっているようです」

「わぁ、ケヴィン、行こ行こ」

リリアスがケヴィンの手をひっぱるように駆け出す。その後ろ姿を見送るだけで、フェリシアは立とうとしなかった。

「あなたは行かないの、フェル？」

クレアが声をかけるとフェリシアは小さく笑った。

「……ママ。私ね、あの……。誕生会いらないと思うの」

「どうして？」

「やるならいつもみたいに家族だけでいい。パパはなぜ今年に限ってお客さんたくさん呼ぶの？　クラス全員や先生まで。ケヴィンがいるからなの？　リリアスは嬉しいだろうけど……。私は……」

クレアは微笑んでフェリシアの髪を撫でた。

「ケヴィンはママがいないの。それにキリルにはまだ慣れていないし。あなたも慣れない地球に行った時は疲れたでしょう？　たった二週間だったけど。パパはケヴィンが早く慣れてくれるよう、友達がたくさんできるよう、気を配っているのだわ。それにあなたにも友達を作ってほしいと望んでいるの」

友達なんていらないのにとフェリシアは思ったが、口には出さなかった。

「さぁ、あなたも行ってらっしゃい」

クレアに促されてフェリシアは重そうに立ち上がると、とぼとぼと屋敷へ向かった。

クレアはアナンドに目配(めくば)せする。アナンドは頷き、一礼してフェリシアを追った。

（やっぱりな）

その日の夜、家に帰ったケヴィンことレオンは、家庭教師のマリー（実は陸軍少佐のルーディア・サラン）にもらった誕生日プレゼントを調べた。

三人揃いでもらったのはステイショナリーのセット。リリアスは今度の誕生会の主役ではないが、自分だけプレゼントがないと拗（す）ねてしまいかねないので、三人分用意したらしい。だがわざわざ持ってくるあたり、何かありそうだと、レオンは家に帰るなり中身を詳細に調べてみた。案の定、筆記具の中にマイクロチップとコンタクトレンズ仕様のカメラが出てきた。

マイクロチップをモバイルにスロットさせ、手渡された時にルーディアがヒントをくれたパスワードでロックを解いた。

『パーティーの日にこれをつけて客人と家族、使用人を観察するように。特にキリル工科大の学生たちの動きに注意せよ。その中にウォーレン中佐がいるはず。彼も例外ではない。私はラージェルに顔を知られている可能性もあり、参加しない。故に君に私の目の代わりを託す。宜しく頼む。

ルーディア・サラン』

以上が軍の暗号で書き込まれていた。

確かに昨年末の追悼式でルーディアは警備にあたっていた。逮捕した学生テロリストの尋問も担当していた。髪型や目の色、メイクで人相を変えてはいるが、ラージェルや他のキュリロスの役員、またもしかしたら学生たちの中にも彼女に気づく者がいるかもしれない。家庭教師として彼女を面接したのはラージェルではなく夫人の方だ。ラージェル家へ来る時もラージェルの留守中だ。

それにしてもウォーレン中佐——あの人までＭＰの捜査対象なのだろうか。結局ＭＰの捜査協力までしなければならないのか。ジョージ・ピーターソン——彼が裏で動いているに違いない。

「くっそぉ」

レオンは教官のミラーにメールでの報告をあげた。ルーディアのミッションは別物だと前に言われている。ところが返ってきた答えは「ＭＰに協力しろ」だった。

「ちっ」

レオンは吐き捨て、モバイルを放り出した。

ラージェルの運転手兼ガードという役目に就いて数週間になる。少しこのキリルの環境にも慣れてきたように感じ始めていたオークランド（実は空軍特務下士官のザルツ曹長）だった。

その日（息子ケヴィンを演じる士官候補生レオンたちが一足早い誕生日プレゼントを受け取った日である）、休日ではあったが、ラージェルは外出した。本社で急ぎの仕事があるという。同行者は、ラージェル家の若い執事ガザムとラージェルの秘書長ホフマンの二人。執事の中でも一番ラージェルに信頼されているらしく、ガザムはたびたび助手席に座り、会社まで同行する。客人がある時の接待役として、また彼も秘書の一人としてラージェルと行動を共にしていた。

実は運転手としてのオークランドの役割はラージェルの外出時の道中であって、会社の中、外出先ではホフマンとガザムがガードを兼ねている。

まだそこまでは信用されていないんだな、とは自覚していた。が、それはホフマンとガザムの二人がラージェルの表の顔も裏の顔も心得ているということなのだろう。つまりは同じ組織の人間である可能性が高い。

これは前任者も同じ。社内ではラージェルの傍にはいられなかったと申し送りがあった。ラージェルは本社に留まっていることがむしろ珍しい。それ故、オークランドの出番は多いのだが、たまに長い時間、待機になることも。そんな時、車の整備点検をした後は、呼び出しがかかるまで守衛の詰所で時を過ごす。そこが彼の控室でもあり情報収集の場でもある。

社屋内外各所の様子はそこのモニターでチェックできる。守衛たちとの世間話の中からも得るものは多い。ただカメラは会長室にはなく、ラージェルの行動は見ることができない。客人に関しては室外のカメラから確認できるのだが、客人が会長室を訪ねることは今のところない。ラージェルは会長室に入れる人間を絞っていることも前任者から聞いていた。客人を招く時は別に応接室などがあり、会長室に入れるのは数人の秘書や役員、自宅から連れてきた執事のガザムくらいだと。

「だけど一か月ほど前かな。あんたが運転手になる少し前だ。一人そこに入ろうとした人間がいてね。会長と秘書のホフマンさんと揉めて、我々も駆けつける騒動があったんだ」

守衛の一人がそんな情報をくれた。それは前任者からも聞いていた。アルデランのＺＳＤ（ザーリム・スペース・ディベロプメント）社の社長ハッサン・ザーリムだ。この男も陸軍の方で監視中だ。

ＺＳＤ社は宇宙物理、工学、重機、化学などの分野を幅広く展開している。キリルとパース、二つのスペースコロニーはキュリロス・インターナショナルが設計と建設を手掛けた。一方、宇宙ステーション、月基地、火星の開発事業はＺＳＤ社の力によるものが多い。

予備知識はあったが、初めて聞く話のようにオークランドは興味を示した。守衛は気を良くして続ける。

「会長はあまりあの人のことが好きではなさそうだ。まあライバル会社だし、それにこれは噂だけど、ＺＳＤ社はキュリロスとの提携も考えているんじゃないか？　会長も実はあっちの技術が欲しいんだろうね。どちらかが、どちらかを吸収するんじゃないかとも噂されているよ」

それはあり得る話だ。ラージェルと同じ便でザーリムがキリルに向かったという情報もある。そして地球に戻ったという情報はない。キリル工科大に潜入中の仲間からは、理事長のクワメ・プザンとコンタクトが多いとの情報も得ている。キリル工科大といえば初等教育からの一貫校。ラージェルが多額の寄付をしており、裏の理事長とも言われている。

ザーリムはこのキリルで何をしようとしているのか。今後何らかの形で関わってきそうな予感があった。空軍特務のミッション内のことであり、まだ正規の軍人ではないレオンだが……。

（ザーリムが要注意人物であることは一応知らせておいた方がよさそうだな。まだキリルに滞在している以上、これから関わることになるかもしれない）

オークランドの顔の下で、ザルッは密かにその考えをまとめていた。


その頃、キュリロス・インターナショナル本社会長室では、ラージェルが本棚の裏の隠し扉のロックを自身の生体キーで開いていた。扉の向こうは地下へのエレベーターになっている。そこへ乗り込む。秘書のホフマンと執事のガザムが続いた。

キリルの地下というのはコロニーの外壁の部分に当たる。そこには上下水路や電力などのライフラインも通されている。が、それとは別の地下空間が存在することは、ラージェルの他、ごく一部の者しか知らないことだった。その空間にはラボやシェルターなどの施設があり、キリルの要所からつながる道がある。ラージェルたちもそこへ向かうためにエレベーター昇降口に設置された車に乗り込んだ。

途上、何人かの軍服のようなユニフォームの男女とすれ違う。連邦軍の軍服とはまた違っていた。ラージェルの車を見ると立ち止まって敬礼する。この地下空間の警備やメンテナンスのために作られたラージェルの私設軍の若者たちだ。

「彼らはよくやってくれているようだな」

ラージェルは満足そうに目を細めた。

「皆、『ロキの子ども』の出身ですからね」

ホフマンの言葉にラージェルは頷く。

『ロキの子ども』とは『ラグナロクの証人』という反社会革命集団が養育した者たちを総じてそう呼んでいる。多くは乳幼児の頃に誘拐した子、身寄りのない子たち。その中でもかなり厳しい適性検査を受けて通った者だけを育てていく。それでも過酷な訓練に耐えかねて死亡する子どもも多い。そうやってふるいにかけられながら生き残り、無事一八の成人を迎えた者はラグナロクの証人の兵士として命を引き換えにするほどのミッションを与えられるのだった。

「あの裏切り者以外は皆ロキ様に忠誠を誓っておる。頼もしい限りだな」

いずれ彼らは、キリル軍の兵士にとどまらず、地球連邦——いや、ロキの新しい国の要となっていくだろう。今はその時に向かって一歩一歩進む時だ。誰にも邪魔させない。

そんなことを考えていると目的の場所に辿り着いた。

ラージェルたちはそこで車を降り、扉の横にあるセンサーに手をかざした。

扉が開いた向こうは様々な機械に囲まれた部屋。すでに二十数人の者たちが集まっている。半数近くが地球連邦軍の軍服を着ていた。キリル駐留軍司令官デニス将軍や数名の将校クラスの姿もあった。デニスの参謀、幕僚といった駐留軍の要、他はキリル自治政府の閣僚、官僚、議員といった顔ぶれ。その中にデニスの幕僚ウァン中佐や首相フランチェスカの姿はない。その他としては、キュリロス・インターナショナルの役員、キリル工科大の教授などがいた。その教授の一人はアンダーソンを出迎えたグラント教授だ。

ラージェルは彼女を見て尋ねた。

「またプザンの姿が見えないようだが」

グラントは一つ溜め息をついて答える。

「今日も客人があるようです。アルデランの……」

「ザーリムか」

「はい」

「奴は……、ザーリムはまだキリルにいるのか。二人はそんなに何度も会っているのか。プザンはこのところの定例会にはちっとも顔を出さないが」

「火星地球化（テラフォーミング）計画に工科大の技術が必要とか。そのための視察と称してザーリムは我が校に出入りを……」

「それは前も聞いた」

「私のゼミの学生も何人かＺＳＤ社に引っ張られて内定したようです。この数日間に接触があったらしく」

「ロキの子どもではないだろうな」

「いえ……。すべてプザン理事長の子飼いの学生です」

ラージェルは渋面のまま部屋の前方一段高い場へ歩を進めると、集（つど）った全員を見渡した。

「グレッグソンでキリルと地球双方に疑念の種を植え、ワイネマンからアンダーソンを呼び、我々の計画は着々と進んでいる。今が大事な時だ。各自その役割を逸脱することなく事に当たれ。よいな。工科大教授陣はプザンとザーリムの動きを監視しろ。不穏な動きでなくとも逐一報告を怠るな」

一斉に「了解」の返事が返ってきた。

「で、ダニエルの方ですが」

デニス将軍が一歩前に出た。

「警護責任者として、仰せのようにあの裏切り者エドワード・ウォーレンを付けました」

「うむ。ダニエルと共に監視しやすい配置と考えてだ。ヴァンの進言だったな」

「はい。しかし、いずれ我々の計画には邪魔になってくるであろうと思われます。その時は……」

「ロキ様は奴を殺すことを望んでいらっしゃらない」

ラージェルはいまいましそうにそう吐き捨てた。

「裏切り者ですぞ。それに奴は、子どもの時ですら、我々の洗脳を受けつけなかった。この先デッドロック（開かない鍵）となるは必定。それでも生かせと？」

「ロキ様にはロキ様のお考えがある。そしてそのお考えに間違いはないはず。だがこうもおっしゃった。命を奪わない程度なら……、とな」

「それでは……」

「いずれその時が来ればな。一番いい利用法を考える」

ラージェルは口元を緩めたが、その目は笑ってはいなかった。彼はここキリルではラグナロクの幹部として振る舞っていたが、『ロキ』と呼ばれる自分たちのボスにはまだ直接会ったこともなく、その正体も知らない。いつもエージェントと名乗る仲介者から指令が入り、それに従うだけだ。ロキが何者であるのかも知らぬまま、彼はその思想と目的に共鳴し動いていた。

地球（テラ）を真の楽園に導く。そのためには今の連邦制を一度崩さなければならない。犠牲は大きいだろう。しかし何かを破壊することで新しいものは産まれる。人類の歴史は太古の時代よりそれを繰り返してきたではないか。ロキの言う地球の未来像、キリルはその新しい時代の礎（いしずえ）となるのだ。キリルにその役目を与え導くのが自分に与えられた天命だ。

（ロキ様にとって、まだ私はただの駒の一つにすぎないかもしれん。だがこの計画さえ成功させればきっと……）

ラージェルはそう自分に言い聞かせ、自身の計画に間違いはないと信じていた。

第四章　ブルーデージーの秘密

(1)

二月末の休日。

レオンはスーツ姿のケヴィン・オークランドになると、いつものカラーコンタクトレンズを別の物に変えた。過日ルーディアに渡されたカメラ付きの物だ。パーティーに出席できない彼女に代わって目の役目を果たすように言われていた。

カメラ付きと言ってもほとんど違和感はない。だが心の中にある釈然としない何かが付け心地を悪くする。別ミッションであるはずなのに結局こうやって利用されている。レオンはルーディアの背後にいるであろう、ピーターソン陸軍総長に腹の中で悪態をつきながら、自室からリビングへと歩を進めた。

父親を演じるザルツがすでに仕度を整えて彼を迎えた。

「苦い虫でもいましたか?」

顔に出ていたのか。レオンは無意識に手で口元を覆った。

「二月生まれでもないのに祝われるのはあまり気が進まない」

ごまかすようにそう返すが、その気持ちも少しはあった。

金持ちの誕生祝いとはなんと大げさなんだろう。クラス全員どころか、附属する大学のはるか年長の学生たちまでが招待されている。しかしそれはラージェルの交友関係を知るにはいい機会かもしれない。

ザルツが小さく笑みを返す。

「……では行こうか？　ケヴィン」


キリルの空はよく晴れていた。天候は必要に応じ変えることができるが、外出やイベントが多くなるような休日は晴れるようにしている。

ラージェル邸。庭園の中にある芝生（しばふ）の広場の一角にパーティー会場が設営されていた。

色とりどりの風船、アレンジフラワーのスタンドなどで華やかに飾られ、大テーブルには次々と料理や菓子が並ぶ。気軽なビュッフェスタイルのパーティーだ。会場の一角には音響設備も用意され、プロのミュージシャンも呼んでいるらしかった。

その中でラージェル邸の使用人たちがせわしなく動き回っていた。いつの間にか彼らにまぎれて準備を手伝っているオークランド父子の姿がそこにあった。

「ケヴィン」

焼き菓子の並んだトレイを運びながらクレアが声をかける。

「あなたは今日の主役の一人なんだから、手伝わなくてもいいのよ。子どもたちの……」

言いかけた時に若者のグループが執事長のアナンドに案内されてきた。

「キリル工科大の学生さんたちです。こちらはクレア夫人でございます」

学生たちに向けたクレアの笑顔が、ほんの一瞬だが凍りついたのを、ケヴィンの顔の下のレオンは見逃さなかった。

「いらっしゃい。ようこそ」

そう返した時にはクレアはいつもの微笑みを浮かべていた。

「今日はご招待ありがとうございます。ショーの準備をしたいのですが、どちらで？」

リーダーらしき女子学生が一団から進み出てクレアに一礼した。その一団の中に、先ほどのクレアと同じように凍りついた表情の人物がいることをもまた、ケヴィン――レオンの目は捉えていた。

首相の息子ダニエルの護衛として学生の中にいるエディだ。エディの方は凍りついた表情のままクレアをしばらく見ていたが、側にいるケヴィンに気づくとすぐに視線を変えて、周囲を見渡していた。

（今の二人は何だったんだ？）

特にあの人、エディの表情には常ならぬものを感じた。会うはずのない者——よく見知った者に会ってしまったというような。

思考を巡らせている間に学生たちは、アナンドにイベントの舞台の方へいざなわれていく。それを見送ってクレアはケヴィンに向き直った。

「あなたは今日の主役なんだからお手伝いはいいのよ。フェリシアたちは子ども部屋で映画を観ているから行ってらっしゃい」

ケヴィンは一礼して踵を返した。先刻の疑問を投げかけることはもちろん、顔に出すことも、今はできない。クレアが何者であろうとも、自分が軍のミッションでここにいることを知られてはならないのだ。

「エディ?」

ダニエルの問いかけにエディは手を止めて顔を上げる。

「はい?」

「さっきからぼんやりしていて君らしくないな」

「あ……いえ、すみません」

エディは自分に気合を入れるように両手で頬をたたいた。一つ大きく深呼吸して立ち上がる。

「ここはこんなものでいいでしょうか」

二人はショーの舞台となる高台に置かれた大テーブルに、実験などで使う器具類を設置していた。他の学生たちもそれぞれに動き回っている。それを横目で見てからダニエルはエディにもう一度尋ねた。

「何か心配ごとでもあるの？」

「パーティーは苦手です。それだけです」

「パーティーって言っても子どもの集まりだよ。それにイベントは先輩たちがやるだけで僕らは準備要員。本番は子どもたちと見ていればいいだけだし。それに付いてくると言ったのは君の方だ」

「ですよね」

別の何かがあるようにダニエルは感じた。ここに来るまではいつも通りのエディだった。ダニエルの護衛として他に二名、エディの部下が付いていたが、彼らと車の中で軽いジョークも言い合っていた。今は顔色も冴えない。何かあるとは感じたが、ダニエルはあまり詮索しない方がいいような気がして、それ以上訊くのをやめた。

その彼の目に、メイエンがラージェル夫人のところへ行き、何か話をしているのが映る。たぶん本番の段取りなどを伝えているのだろう。夫人も笑顔で頷きながら聞いている。気がつくとエディもそちらを見ていたが、ダニエルの視線を感じたのか顔を背けた。

(何が気になるんだろう。メイエンかな?)

ダニエルは思ったが、やはり口にはしなかった。

――あの一件の日、ダニエルが寝室を出たのは九時過ぎだった。エディは朝のトレーニングの後、公邸のキッチンを借りてスコーンとクッキーを焼き、紅茶の用意をしてダニエルが起きてくるのを待っていた。

「体調がよければお茶にしませんか?」

笑顔で迎えたエディに、ダニエルは素直に謝る気になり、エディもまた、自分の生まれを黙っていたことを詫びた。

あの日は結局大学を休み、エディの部下たちとティーパーティーになった。身分を越えての談笑の中、エディが皆に請われて一曲歌った。オペラのバリトン歌手のようなよく通る心地い い歌声だった。子どもの頃、教会の聖歌隊にいたことがあるという。焼き菓子作りに歌の隠し芸。ダニエルは今まで見たことのないエディの一面に驚きながらも、良い方へ印象が変わるのを感じた。と同時にエディに興味もわいてきた。

ラージェル邸で顔色が変わったエディにメイエンへの恋心を少し疑ったのもその延長にあった。

（メイエンならわかる。彼女は魅力的だし。今度ちょっとつついてみようかな）

エディがその時どんな反応を見せるか、悪戯な好奇心がわいた。

そんな庭園の会場の様子はラージェル邸の子ども部屋からも見ることができた。

フェリシアとリリアスはソファーに座って子ども向けの映画を観ている。ケヴィンは、隣に座るよう勧めるリリアスにやんわりと断り、出窓に腰掛けるようにして庭を見下ろしていた。

あの人――エディは終始ダニエルの側にいた。クレアは今は庭に出ていない。準備はそろそろ終わりそうだ。もう半時もすればぼちぼち招待客が集まってくるだろう。

だが気になる。さっきのクレアとエディの表情。二人は顔見知りに違いない。どういう関係なのか。二人とも西ユーロ州それもイギリス出身という共通点はある。だがエディがイギリスにいたのは六歳までだった。両親が離婚した時期。テロ事件はその数か月後……。

自分の目に映るものはルーディアにも届いているはずだ。ＭＰはどう判断するのだろう。そして……。

ケヴィン――レオンは振り返ってフェリシアの横顔を見た。

自分はなぜあの少女の護衛を命じられたのだろう。リリアスではなく。フェリシアがラージェルの子ではないという情報はレオンにも入っている。誰の子かという情報はない。クレアが暴漢にあってその時の子だろうと。そこに何か大きな秘密があり、クレアの正体にもつながる何かがあるのだろう。

近いうちに何かが起こるかもしれない。そんな予感めいたものが知らずレオンの胸の鼓動を早めていた。

（2）

「……皆さん、今日は本当にありがとう。料理やお菓子もたくさん用意しています。一日楽しんでいってください」

ラージェルの挨拶が終わると、音楽隊の賑やかな演奏が始まる。招待客が次々と今日の主役のフェリシアとケヴィンの前に集まり、手にしたプレゼントを渡した。二人の側のテーブルはたちまちカラフルな包みの山となっていく。最後にクラスメートと担任のノース先生が進み出た。

「おめでとう。少しずつ出し合って天球儀にした。後期は天文学が始まるからね」

ケヴィンとフェリシアは天球儀の箱を受け取り、礼を述べた。両手で抱えると顔が半分隠れてしまうくらいの大きさだった。それを台に置こうとした時だった。場内が少しざわついた。

「今日はご遠慮ください、ザーリム様」

そんな声が遠くからパーティー会場まで聞こえてきた。執事長アナンドの声だ。

ザーリムのことはザルツからも聞いていたし、またラージェル周辺の人物として連邦軍がマークしている一人であることも、ケヴィン――レオンは知っていた。今後何かで彼に近づくような事態になるかもしれず、レオンはさっき手にした箱で顔を少し隠すようにして、様子を窺う。

ザーリムはキリル工科大理事長プザンともう一人、女性秘書と三人連れでアナンドを押しやりながらスタスタと会場に向かっていた。

「あ、お船で会ったお姉ちゃん!」

とリリアスは彼女を見て叫ぶ。秘書は微笑して一礼した。

「ザーリム!」

ラージェルが止めに入った。

「お前を招待した覚えはない。今日は長女と運転手の息子の誕生会だ。クラスメートもいる。部外者は出ていけ」

ザーリムはにやりと笑った。

「いやいや。君の娘の誕生会と聞いてね。ただプレゼントを渡しに来ただけだ。すぐ退散するよ」

そして女性秘書に目で合図を送る。秘書は紙袋から一つの包みを出した。包装紙にはウサギのような耳をしたキャラクターがいくつもちりばめられている。

「プーキーポーキーだわっ！」

リリアスが興奮した声で叫ぶ。女性はフェリシアのところへ行くと、その包みを渡した。

「おめでとう、お嬢ちゃん」

「キリルへの便でこの子に会ってね。プーキーポーキーの曲を楽しんでいたから、好きなんだろうとね。おめでとう」

ザーリムは補足するとラージェルに笑いかけた。

「まあそれだけだ。では失礼する」

吠えそうな顔のラージェルを嘲（あざけ）るように彼は高笑いをして、プザンや秘書と共に踵を返して去っていった。その背中を歯ぎしりしながらラージェルが睨んでいた。

「いいなぁ。お姉ちゃんばっかり。リリアスの時もあの人来てくれたらいいのに」

リリアスがぼそりと言うと、フェリシアは小さく囁いた。

「あとでこれ、リリアスにあげる。私欲しくないから」

「ほんと？　やった！」

ケヴィンはまだ天球儀を抱えたままそんな二人を見ていた。

クレアが不穏な空気を変えようと場内に声を張り上げる。

「皆さん、二人のために素敵なプレゼントをありがとうございました。さあ、お好きな飲み物を取ってくださいな。乾杯しましょう」

それを合図に、ラージェル家の使用人たちが様々な飲み物をトレイに載せて場内を行き来した。

「フランク」

クレアが夫にそっと声をかけ、ラージェルは我に返った。すべての客にグラスが行き渡ると彼は高々と自分のグラスを掲げた。

「フェリシアとケヴィン君、そして今日集ってくださった皆さんの健康を祝して、乾杯！」

場内に和やかな雰囲気が戻ってきた。

エディはこの間も厳しい目をして来客一人一人の動きをチェックしている。子どもの招待客まで？ とダニエルは思った。だがエディは知っていた。ラグナロクの証人はロキの子どもという幼少の戦士も育てている。たとえ子どもでも油断はできない。

乾杯の後は食事を楽しみながら学生たちの出し物が始まる。科学マジック、ロボットを使ったゲーム、実験ショー、小型ロケットの製作と打ち上げ、参加者とロボットのダンスなど、子どもたちも参加しながら楽しめるものばかりだった。

そのさなかだった。

ラージェルの秘書、ホフマンが会場の片隅に行き、電話を受けた。みるみる彼の顔色は変わり、ラージェルのもとへ足早に歩んで何か耳打ちした。

一方同じ頃エディも何かの連絡を受けた。ロボットのゲームを笑いながら見ていたダニエルを、少し離れたところへ引っ張っていく。

「首相の遊説先で爆弾事件があったようです。私はすぐに行きますが、ダニエルはどうなさいますか」

ダニエルの顔が凍りついた。

「親父は?」

「詳しいことはわかりません。今の連絡は外で警備に当たっていた者からでした。首相の側にいるはずのクレイトンとは連絡が取れないそうです」

「だったら僕も行く。じゃなきゃエディもここを離れにくいだろ?」

「ええ」

エディはイワノフら部下たちを呼び、ダニエルと車へ戻るように指示した。その足で彼はラージェルのところへ走った。

ラージェルはクレアの側にいた。

「系列社でトラブルがあったらしい。中座するが、後、頼めるかね?」

「ええ。気をつけてね」

「すまないね。客人たちには最後まで楽しんでいってもらってくれ」

そう言葉を交わす夫妻にエディは深く頭を下げた。

「今日はお招きありがとうございました。私とダニエルも急用でお暇させていただきます」

「こちらこそありがとうございました、中佐。私は急ぐのでこれで」

ラージェルは早口でそう述べるや、オークランドのところへ駆け寄り、秘書と三人で走り去っていく。それを見送る形になったエディはクレアにもう一度一礼して立ち去りかけた。

「中佐」

クレアが呼び止める。振り返ったエディの顔に一瞬だが困惑の表情が浮かぶ。

「気をつけて行ってください。ご無事に任務を……」

「……ええ……」

改めてもう一礼しエディは立ち去る。去り際、ちらりとケヴィンを見た。ケヴィンはラージェルが去っていく方を見ていた。

(だが気づいたかもしれないな)

エディは足を早め、門の外へと駆けだした。

「その情報、ガセではないだろうな」

ヘリコプターが飛び交う物々しい人工の空を見上げながら、ザーリムが呟く。運転席で女性秘書が頷いた。

「間違いありません。いろいろ秘密がありそうですわね」

ザーリムは小さく笑みをこぼす。車両の中、さっきまで共にいたプザンの姿はない。いろいろ言いくるめ、けしかけ、今プザンは大仕事をやっている。……というよりも、させているというべきか。彼自身は手を汚していない。

「これでラージェルの逆鱗(げきりん)に触れること、間違いはないだろう。プザンも気の毒に」

ザーリムはくすくすと声を漏らす。

「よろしいのですか?」

「よい。欲しいのは奴じゃない」

（3）

現場に近づくと、空にはヘリコプター、陸には軍の緊急車両の赤色灯とサイレンが不穏な空気を演出していた。

ダニエルの送迎車も赤色灯とサイレンを鳴らして走っている。車内は皆緊張して言葉を発する者もいない。そんな中、エディ、イワノフたちのインカムのイヤホンに連絡が入った。

「中佐。レガルトです。教授は無事です。念のため今日は私の家にお連れするつもりですが、よろしいですか？」

アンダーソン教授の講義でダニエルが出会った、地球からの留学生、ロイ・ハモンドことウォルター・レガルト少尉だ。彼の任務は、学内でのダニエルをそれとなく護ると共に、アンダーソン教授をも護衛することだった。何人かのチーム編成でエディたちとは別行動をしているが、エディの指揮下で働いていた。ダニエルは知らないことだったが、周囲のイヤホンの声は、彼には聞こえない。

「了解。首相の安否は？」

「クレイトン少佐とまだ連絡が取れません。私の部下を現場に残しておきましょうか？」

「いや、いい。少佐の部下がいるはずだ。君たちは教授を一刻も早く安全な場所へ退避させてくれ。首相の安否がわかれば私もすぐに君たちの退避場所へ向かう」

「了解しました」

連絡は終わった。ダニエルが身を乗り出す。

「どういうこと？　教授って？　まさかアンダーソン教授？」

「ダニエル、あなたに謝ることがあります」

窓の外を見ながらエディがくぐもった声でそう告げる。

「アンダーソン教授がキリル工科大だけでなく、ここの企業や団体、各学校などでも講演なさっていらっしゃることはご存じですね。今日はキュリロス・インターナショナルの系列会社、アトラス社での講演でした」

「知ってる。キリルのセキュリティの管理会社だよね」

「ええ。その講演、首相も一度聴きたいと、ご自分の遊説先をそちらにお選びになりました。あなたにそのことを黙っていたことをお詫びします」

「でもなぜ親父が？」

「もちろんキリルの今後について首相なりに学びたいということでしょうが、それ以上にあなたを理解したい思いからです。あなたが尊敬し、いつかその下で学びたいと願っている相手に会って、話を聞いてみたい。親としてのお気持ちからではないかと」

「親父が？　まさか……」

「あなたがキリル工科大に入ることもお許しになったでしょう？」

ダニエルは思い出した。そうだ。私立大学であり学費もバカ高い。そのキリル工科大を勝手に受験して入学を決め、父には事後報告の形になってしまった。父はその時、政治家を目指す気はないのか、と訊いただけだった。「ない」と答えると、「そうか」と言い、そして今の自分がいる。キリル工科大の三年生の自分が。学費は自分が負担したわけではない。父だった。

「教授は宇宙工学の権威です。彼の頭脳も技術も他に替えようがない。ですから彼自身をも何者かが狙う可能性がある。それ故、私の部隊が首相と共にお護りしていました。その中で事件が起きました。護衛方法その他で甘さがあったかもしれません。私の判断ミスが。今日はラージェル家に行くべきではなかったかと」

そう。ドミニク大佐の命令があろうと、ダニエルを護る役目があろうと、ラージェル家に行かなければよかった。あそこであの人に会うことがなければ、まだ信じていられたはずだ。まだ……。

エディは口をつぐみ、車内をまた沈黙が支配した。ダニエルはその重い空気の中で自分の小ささを感じていた。今まで自分の立場を憂い、自分だけが損な存在だと思い込んでいた。そこに囚われすぎて見えていないことが多すぎた。そんな小さな人間だと。

（親父、お父さん……。無事でいてくれ）

向かう先、まだ遠いビルからの黒い煙を見ながら、ダニエルは願い続けた。

系列会社アトラス社の社屋から煙が舞い上がるのをラージェルは茫然と見上げていた。

赤十字をつけた軍の救急車両や消防車両、脱出した人々で、周辺はごった返している。

「会長！」

秘書のホフマンが活を入れるようにラージェルに声をかけ、ラージェルは我に返った。

「オークランド、君も来てくれ」

そう言うとラージェルは足を早めた。いつも共にいる執事のガザムを自宅のパーティー会場に残してきた。その分オークランドを頼るしかなかった。それにこの社はラグナロクの証人の活動とは無関係だ。

「立ち入り禁止です！」

野次馬を近づけないように配された兵士がラージェルたちの前に立ち塞がった。

「私を誰だと思っている？　キュリロスのラージェルだぞ」

キリルのたいていの場所が顔パスであることに慣れ切っていたラージェルは声を荒らげた。

「存じております。ただ、まだ爆発物がないとは限りません。危険ですので」

兵士の言葉に納得したか、ラージェルはごった返している周囲を見渡した。社屋から脱出した人々の憔悴した顔がある。救護車の順番を待つ負傷者や、それを取り仕切り指示する者たち。その中にアトラス社の社長を見つけて歩み寄る。呼びかけると社長は緊張した顔を向けた。

「会長、申し訳ありません」

「一体何があった？　今日はアンダーソン教授の講演会だったな。首相も来られていたはず。お二人は？」

「講演会が始まろうという時でした。爆弾は首相の控室に仕掛けられていたようです。教授は無事で、先に学生さんらと避難されましたが、首相が……」

「首相が？　首相は？」

「護衛たちが気づいてすぐに部屋から退去したのですが、爆風で扉が飛んで負傷されたようで、今は病院に」

ラージェルはもう一度煙の出ている社屋の一室を見上げた。やられたのはその一室だけだろうか。その時の揺れで講堂の照明器具などが落ち、窓も割れたと社長は状況を付け加えた。怪我人の多くはその時のものだという。地震などの天災のないキリルの人々にとっては、大袈裟ではなく、世界の終わりを感じてパニックになった。それもキリルのセキュリティを預かる会社での爆弾騒ぎであるからなおさらだ。

ラージェルは秘書のホフマンに、残って社長の事後処理を手伝うように指示した。おそらく首相を狙ったものだろう。首相に遺恨を持つ者には心当たりもある。もし彼の仕業であるなら、これで終わるとは思えない。また狙ってくるだろう。

「オークランド、ヒポクラテス総合病院へ行ってくれ」

怒りを抑えるよう努めながら、ラージェルはくぐもった声でそう告げた。


赤色灯をつけ、スピードを上げていたエディたちの車は、ラージェルより一足先に病院に駆けつけていた。爆破現場に向かう途上、クレイトンの部下から連絡が入り、首相とクレイトン少佐、もう一名の護衛が負傷してヒポクラテス総合病院に運ばれたという。

急遽道を変え、病院に向かった分、ラージェルよりも早く病院に到着。運転手のみ残し、エディ、ダニエル、イワノフの三人は足早に首相の病室に向かった。

特別室の扉の前にはクレイトンの部下が四名張りついている。エディの顔を見ると四人は敬礼した。

「首相のご容態は?」

返礼もそこそこに尋ねると、四人は笑顔を見せた。

「首相は掠り傷程度です。クレイトン少佐とワイルド曹長があの巨体で盾になってお護りしたので」

四人のうちの一人、中尉格の者が答える。初めに連絡してきた会場警備担当者だ。

「二人は？」

「脳震盪（のうしんとう）でしばらく意識がなかったようですので、念のため検査中です」

「わかった。ありがとう。首相には面会できるか？」

「ええ、どうぞ。ダニエルさんのお顔をご覧になればお喜びになりますよ」

ダニエルは、はにかんだように顔を赤らめた。エディがその肩をそっと叩くと、それに促されて、ドアのインターホンを押す。

病室の中では首相が秘書官らと何か揉めている最中だった。退院する、しないの言い合いだったが、ダニエルたちの姿を見るとぴたりと止んだ。

「来てくれたのか」

首相は満面の笑みをダニエルに向けた。エディがダニエルの両肩に手を置き、首相の方へ押す。ダニエルは父の前でうつむいた。

「心配で……。気が変になりそうだった」

「すまない。心配かけた。ウォーレン中佐の部下たちに助けられたよ。彼らには怪我をさせてしまった。申し訳なかった」

「いえ、任務ですから。ダニエル、しばらくここにいらっしゃっては？」

　ダニエルは首を横に振った。

「親父が無事なのがわかったから、もういい。公邸に帰ろうかな。ラージェル邸に戻ってもそろそろお開きだろうし」

「それでは首相、失礼します。おそらくあなたが狙われた。詳細がわかるまではここで避難なさってください。表の部下を残しておきますので」

　エディの言葉に秘書官らや医師が同意した。

「そうですよ。しばらくの間、我慢してください」

「仕方ないな」

　首相も渋々頷いた。病室を後にする三人の背にもう一度礼を言うと、三人も振り返り笑顔を返す。

　エディは、病室の表にいる護衛官たちに首相を面会謝絶扱いにするよう伝え、病院側にもそう伝えた。犯人の意図はわからないが、本気で首相の殺害を考えていたのなら、また狙ってくるおそれもある。エディはセルゲイ・イワノフ少佐に指示した。

「セルはダニエルと先に帰ってくれ。私はここのセキュリティをもう少し固めてから帰る。ダニエルも今日は外出を控えてください」

「エディはどうやって帰るの？」

ダニエルが尋ねるとエディは自分の脚を指した。

「電車やバスを使うくらいはできますよ。ちょっと寄り道して帰ります。先に夕食を取ってお休みになってください。セル、頼んだぞ」

ダニエルを見送った後、エディはクレイトン班の部下を全員呼んで、病院の周囲を警備させ、検査中だったクレイトンらに会いに行った。

二人は元気そうだったが、頭と背を負傷したクレイトンは、少し顔も腫れて痛々しい様子だった。エディの労いに彼は苦笑した。

「中佐に見舞っていただくのは二度目ですね」

「奥さんに叱られそうだよ。何があったのか聞きたいんだが」

クレイトンの話では、首相もアンダーソン教授も、開会までの時間を講堂近くのそれぞれの控室で過ごすことになっていた。首相の控室は、先にクレイトンらが入って安全確認などをしていたが、何か嫌な臭気がした。危険を感じ、部屋を退去。ドアを閉めたとたんに爆発があり、とっさに首相や秘書官らの背後から飛びついて体を伏せたが、扉が襲ってきたらしい。首相はその時の転倒で膝に軽傷を負った。

「こういう時は体が大きいのが役に立ちますね」

クレイトンはジョークのつもりでそう言ったが、エディは笑わなかった。

「それでも命は一つだ。首相でも君たちでもそれは変わりない。後のことは追って指示するから二人ともそれまで休んでいてくれ」

それだけ伝え、エディはクレイトンらの病室を出た。

まだ犯人も、その目的、狙いも正確にはわからない。ただ、あのパーティーでのラージェルの様子からして、彼も予期しなかったことだろう。爆発の規模を考えると首相の控室のみ狙ったとも考えられるが。今は何もかもが憶測でしかない。

ドミニク大佐に現在の状況を報告し、エディの足はある場所へ向かった。

車中でラージェルは一言も話さなかった。オークランドはバックミラーでその様子を窺っていたが、ラージェルは口をしっかり閉じ車窓の一点を凝視している。どこかを見つめているというのではなく、思うように事が運ばない状況に苛立って、それを抑えようと努めているといった風だった。

病院で首相を見舞おうとしたが、すでにエディの指示で面会謝絶の処置がとられた後だった。

この病院は連邦立の病院。謝礼なども一切受けない。キリルの財界トップにあるラージェルでも、病院からストップの札を出されれば、面会謝絶の者に会うことは不可能だった。ただ見舞いのメールだけは首相のモバイルに送信できたのだが、それのみで首相からの返信はまだない。

ラージェルは仕方なく屋敷に帰るようオークランドに告げ、以降口を開かなかった。

今日はこの車内にいる主と運転手、二人の子どもたちの誕生会だったはずだ。ラグナロクの証人の活動とも無関係に楽しめる一日だったはずだ。それを呼びもしないのにあのザーリムがのこのこ現れた。リリアスなどはあの男の秘書を見て嬉しそうな声も上げた。不愉快極まりないと思ったら、系列会社の爆弾事件。首相にも怪我を負わせてしまった。こちらの思惑通り連邦とキリルの間に亀裂を作り、首相がキリル独立に積極的になり始めた矢先。今なお支持率の高いフランチェスカだ。彼を取り込み、そして……。

ラージェルの頭の中に描いていたシナリオもスムーズには進まない。妨害者は誰か。

ラージェルの見る窓に嘲笑(ちょうしょう)するザーリムの顔が幻となって映った。ラージェルは無言でその窓を殴りつけた。

（4）

ラージェル邸内では、この屋敷の主をはじめ何人かが中座したまま、フェリシアとケヴィンの誕生会が進行した。そして全てのプログラムの後、飾られていた風船や花、残った菓子はクラスメートらの土産(みやげ)の一部として、それ以外にもキュリロス系列の商品をいくつか礼として一人一人に渡し、無事にパーティーは終わった。

クラスメートや担任、キュリロス財団の役員などの客人を見送った後、キリル工科大の学生らは撤収の準備、ラージェル家の使用人たちは庭園の片づけなどを始めていた。その時になって学生らの中にダニエルや彼の護衛がいないことに気づいた者もいた。ジェフリーだ。

「途中で帰ったわよ。私たちのロボットダンスも見ないで。失礼しちゃうわ。後片付けも手伝わないし」

メイエンはご機嫌斜めのようだ。ジェフは「ふぅん」と小さな返事をしただけだった。

「やっぱり特別なお方なんだよ」

と、横でスティーブ。その目は上空を飛んでいくヘリコプターを見ていた。

「パーティーの途中から、ヘリコプターがよく飛んでいるみたいだけど、何かあったのかな」

「ニュース見てみたら？」

メイエンがモバイルを出し、テレビの実況を見た。他の学生たちも集まってくる。覗き見る学生たちがざわついた。首相が負傷したということで、ダニエルの中座の意味もわかった様子だ。

「皆さん」

彼らに向かって静かに歩んできたクレアが声をかけた。

「今日は子どもたちのためにプレゼントや楽しいショーをありがとうございました。今、ご覧になったかと思いますが、アトラス社はキュリロスの系列なのです。主（あるじ）はその善後策のために中座して、失礼してしまいました。申し訳なかったと皆さまにお伝えしてくれとのことでした」

「今日はありがとうございました。こんな時ですからお気になさらずに。会長様によろしくお伝えください。私たちもそろそろ失礼させていただきます」

メイエンがクレアと挨拶を交わしている横で、学生らは自分たちの荷物を担（かつ）いで屋敷の門扉に向かった。最後の一団を見送るためにクレアと執事長のアナンド、フェリシアとリリアス、ケヴィンがそれに続いた。他の使用人らは庭の片づけ中だ。辺りは夕刻を迎え、少し薄暗くなろうとしていた。

「ありがとう！」

子どもたちが声をそろえて学生らの車の列に手を振った。窓から手を振り返す学生たち。その中にダニエルやエディはいない。ほぼ同時期にラージェルらと姿を消した彼ら。何かがあったに違いないが、ケヴィンを演じ中のレオンには情報がなく、先ほどの学生たちの様子や、クレアと女子学生のやりとりから想像しなければならなかった。それでも、ラージェルの会社関係のトラブルや首相に何かがあったということはわかる。

ラージェルと共にいるはずのオークランドことザルツが帰ってきたら、詳しい話が聞けるだろう。教官も、あの時の尋常ならぬラージェルの様子で何か感じたとは思うが、ザルツの報告の後で連絡しよう。

レオンは頭の中で自身の行動計画を練りながら、誕生会を開いてもらった子どもの顔で学生らの車列を見送った。そしてラージェルの娘たちと屋敷に戻ろうとした時だった。

門扉のすぐ側に一台の黒っぽい車が勢いよく停車し、中から目出し帽の二人の男が降りてきた。

男たちがクレアに一撃を入れ、ぐったりした彼女の両側からその体を捕らえた。母の危険を感じたフェリシアが男の一人の脚にしがみつく。男が舌打ちし、フェリシアも共に抱えようとした。とっさにケヴィンがその男の腕に咬みついた。男がひるんだところへ、すかさずその股間に飛び蹴りをくらわす。男がくずおれ、そこに飛び込んできたアナンドにフェリシアの身を託すと、ケヴィンはクレアを抱えているもう一人の男の腕にも咬みついた。

「こいつ！」

男が脚を振り上げケヴィンを蹴飛ばそうとすると、ケヴィンはその攻撃をするりと抜け、またもや股間を蹴り上げた。

その間にリリアスは何か喚きながら屋敷に駆け込んでいく。異変に気づいて、子どもらの送迎と登下校のガードを担当している女性が駆けつけてきた。彼女は最初にケヴィンが蹴り倒した男を組み伏せた。

ラージェルの車が屋敷に帰ってきたのはその時だった。

「ラージェルが帰ってきたぞ！」

車の中で待機していた男が叫ぶ。ケヴィンに蹴られた男の一人が股間を押さえながら、それでも精いっぱい急いで車に乗り込んだ。車は組み伏せられた男を残して去っていく。

ラージェルの車はそこに到着。オークランドが扉を開ける前にラージェルが飛び出してきた。

「一体どうしたんだ‼」

ケヴィンに助け起こされるクレア。フェリシアを抱きかかえるアナンド。目出し帽の男を押さえつけている女性ガード。だがそこにいる誰もが何が何だかもわかっていなかった。

「誰だ、おまえは⁉　私の家族に何をした⁉」

ラージェルは、つかつかと目出し帽の男に近づくと、その頭の被り物を取ろうと手を伸ばしかけた。

オークランドがラージェルの体を背後から抱えるようにして男から引き離したのと同時だった。空気がさっと切り裂かれたかのような感触と共に、目出し帽の男の体から力が抜けた。頭を撃ち抜かれている。

アナンドはとっさにフェリシアの目を覆った。オークランドの機転がなければラージェルも巻き込まれたかもしれない。オークランドは殺気を感じた方向を見た。

しかし今は人影も、その気配すらなかった。


「想定外のことになったな」

キリル首相官邸の近衛府本部。ドミニク大佐は、レオンから送られてきたという映像を見、渋面を目の前のルーディアに向けた。

レオンのカメラの映像には、死んだ目出し帽の男の顔までは映っていない。子どもだからと死者の側からいち早く引き離された様子だ。おそらくザルツの方が小型カメラで撮り、空軍特務の方に送っているのだろうが、ルーディアはＭＰのミッションでキリルに来ているために、まだそれを見ていない。そしてドミニクも表面上空軍特務の将校ではあるが、彼の役割も別だった。

「ラージェルには敵がいたということですね」

ルーディアは感情を押し殺した声で囁く。

「アルデラン——君の故郷だろ。ザーリムの秘書の女も……」

「シモンズ……」

「だが、ザーリムがやったという物的証拠はない。この拉致（らち）未遂も何が狙いだったかも掴めていない。ラージェルへの何らかの要求、脅しなのか。それともクレア夫人、もしくは上の娘に直接の狙いがあったのか。ガルミッシュ候補生も何か感じたようだがな」

「ウォーレン中佐との関係……」

ドミニクは意味ありげに頷いた。

「大佐。あなたは本当に空軍特務なのですか？」

「面白いことを言うね、君は」

「ウォーレン中佐ら各中隊の司令官であると思っていましたが、違うのですか」

「違わないよ。その通り。だがキリルでの空軍の全捜査も担っている。君は陸軍だが、ここでは私の指揮下にある。今後も情報は必ず通してもらうよ」

ドミニクは笑っていた。しかしルーディアはその笑みに得体の知れぬ恐怖を感じていた。


ラージェル邸ではその日遅くまで駐留軍の鑑識、捜査陣の出入りがあった。

今日のパーティーの出席者や呼ばれていたミュージシャンを含め、出入りした者全員の身許、ラージェル邸の使用人らへの事情聴取がなされた。死亡した犯人の一人の顔に見覚えはあるか、クレア夫人が拉致される理由に心当たりがあるかなど。子どもたちには死体を見せることは憚(はばか)られ、事が起きた時、見たままの状況を聞く程度だったが。

「私、怖くて、とにかく誰か呼ばなきゃって思ったの」

とリリアス。

「母が連れていかれると思って、止めなきゃって……。でもケヴィンに助けてもらわなかったら、私もきっと捕まえられていたと思います」

フェリシアは無我夢中であったその時のことを思い出し、今さらのように恐怖を感じて震えながらも、懸命に答えていた。

「奥さんやフェリシアが危ないと思って必死だったから、あんまりよく覚えていません。とにかく夢中で、思い切りやったと思います。父から護身術みたいなものを教えてもらっていたけど、少しだけだったから」

　本当はもっと動けた。車に乗り込んで逃げた男もその前に引き倒すことだって。しかし、あくまでもケヴィンという普通の少年として、男たちに立ち向かわなければならなかった。まだキリルでのミッションは残っている。今正体を知られるわけにはいかないのがジレンマだった。

「ケヴィン君はよくやってくれたよ。本当にありがとう」

　横で聞いていたラージェルは満足そうだった。

「オークランドも。君のお陰で私も命拾いした。二人には感謝しかない」

　それにしてもなぜクレアを拉致しようとしたのか。アトラス社の爆弾事件と何か関連があるのか。爆弾事件そのものは、首相を狙ったものと考えられるが、ラージェルが家族のもとを離れるタイミングを作った。それが偶然なのかどうか。

　駐留軍は捜査がこれからであるとして、その点についてはラージェルにも何も触れずに引き上げていった。

「せっかくの誕生会が散々だったな。とにかく皆、無事でよかった。今日はゆっくり休んでくれ」

　ラージェルの言葉に、使用人たちもそれぞれの持ち場や寮に戻っていく。家族だけになると、ラージェルはクレアと娘たちを思い切り抱きしめた。

「怖い思いをさせた。すまなかったな。お前たちが無事でいてくれたことが何よりだ。今後もこのようなことがないよう十分気をつけておくれ。とにかくよかった。本当によかった」

その夜、ラージェルは先に娘たちや妻を休ませ、自分の書斎で一人、一日を顧みていた。長い一日に感じた。一体何が自分たちに起きたのだろうか。誰がこんな……。怪しい者はいるが、確信に至る証(あかし)はない。だが誰であれ許すことはできない。必ず返報してやる。

静かにドアが鳴った。独特のリズムをつけて。

「ガザムか？　入れ」

若い執事のガザムが入ってきた。

「何だ？」

「皆様の前では、そして駐留軍の捜査官には言いませんでしたが」

ガザムはゆっくりとラージェルの机に近づいてきた。

「あの男、見たことがあります」

「何？」

「黙っていても、軍の調べですぐ身許が割れるとは思いますが、キリル工科大の次期卒業生です。グラント教授の言っていた、ザーリムのＺＳＤ社に内定していた一人ですね」

「やはりザーリムか。プザンも一枚咬んでいるということか」

「彼らの狙いはおそらくこのキリル乗っ取り。奥様を人質に、何か仕掛けるつもりだったのかもしれません。しかしまだ予測にすぎないことではありますが」

その通り、疑惑は疑惑。そして予測の範疇(はんちゅう)。それ以上の狙いがあるのかもしれないし、思ってもみない何らかの狙いがあってのことかもしれない。

「不安の芽は早めに摘んだ方がよいな。キリル工科大内部の同志に、プザンの動きをマークさせろ。そしてフェイクでもいい。奴を捕らえる口実を作るんだ」

ガザムは姿勢を正すと右手を胸に当て一礼して出ていった。ラージェルは拳(こぶし)を固め、デスクにぶち当てた。

(5)

アンダーソン教授のホテルに近いアパートの一室。そこがエディの部下、ウォルター・レガルト少尉のキリルでの住まいだった。教授を護るためにロイ・ハモンドと名を変え、学生としてキリルに潜り込んでいる。学生の一人住まいとしては広い２ＬＤＫ。自分の班の作戦会議も定期的に開いている。

今はそこにレガルト班の三人とアンダーソン、そしてエディがいた。

事件当時、アンダーソンは社長に社屋のあちこちを案内されながら、アトラス社の役割などの説明を受けていた。レガルトらは会社見学という名目で側にいた。そろそろ控室に、という時に爆弾事件。教授の控室は、首相とは講堂を挟んで反対側にあり、彼自身が狙われたわけではないであろうと思われた。

「今回はあなたが狙われたわけではないでしょう。しかし一応気をつけてください。何か口実を作って、ホテルの教授の部屋にも常時レガルト班の者を交代で付けましょう」

エディの提案にアンダーソンは笑みを返した。

「連中が欲しいのは私の頭の中身だよ。それに私を使って彼らの組織を暴くのが、軍の今回の作戦ではないのかね」

「そうですが……」

エディはレガルトたちに何かを訴えるような視線を送る。

「中隊長、今夜はとりあえず教授にここにいていただきましょう。我々は食料を買いに出かけますので、しばらくお二人で話し合ってはいかがです？」

レガルトは部下たちに目配せをして部屋を出ていった。

「いい部下をお持ちだ」

「ええ。助かっています」

エディは紅茶を一口飲み、切り出した。

「部下たちにはあなたがＭＩＳＴであることは言っていません。ミッションの協力者だとは伝えていますが。ところであなたが封印したという構想はＭＩＳＴでの開発だったのですか」

アンダーソンは笑った。

「ＭＩＳＴでない君にその件については話せないな」

「もしラグナロクの証人がそれを狙って、あなたをここに呼んだのだとしたら、それを奪われる前にあなたは……」

「君はそれを心配しているんだね。ありがとう。大丈夫。これは今地球に必要なくともいずれ……遠いか近いかはわからないが必要な時期が必ず来る。それまではラグナロクなどのテロリストに渡すつもりはないし、奪われないよう自分の記憶ごと消えることもない。その時まで石にかじりついてでも生き延びるつもりだ」

「それならいいのですが……。ではダニエルは？　ダニエルはあなたの構想を受け継ぐ能力があるとお考えですか？」

「軍はそう考えているようだね。だが今はまだ彼は成長途中だ。伸び代はいくらでもある。いつか私の後継者となってくれるだろうとは予測できるが、今じゃない。これからの彼の生き方次第だよ。もしラグナロクに荷担するなら、その時の答えはノーだ」

「ラグナロクも彼の能力を狙っているのではないですか？　もし首相を狙った目的がそれだとしたら……」

「あれはラグナロクの仕業かもしれないが、ラージェルの仕業ではないだろうね、おそらくだが。ラージェルは首相を利用するつもりはあっても殺すことは考えていないはずだ。ダニエルとも親しくはなろうとしているが、命を狙っているわけではないだろう。たぶん私の頭の中身を引き出すために、必要だと考えてのことだ」

「教授はラージェルの胸の内をよくご存じなんですね。その情報はどこから？」

しばらく二人の間に沈黙があった。エディは何かに気づき、アンダーソンはその気づいたものに見当がついた。

「……会ったのだね、彼女に」

ややあって、重い口を開いてアンダーソンが尋ねる。

「はい。……ラージェル邸で、クレアと名乗る女性と、フェリシアと名乗る彼女の娘に」

長い溜め息がエディの口から漏れた。

「彼女と別れた時、もうあの人を母と呼ばないと決めていました。私とは関係なく、どこかで父の子を産んで、幸せに暮らしていてほしい。そんな未来を信じていました。……けれど……」

アンダーソンは目を伏せた。六歳でその決意をしたのか、この少年は。エディは続ける。

「しかしなぜラージェルなんです。なぜ？　クレア夫人については軍も調べていた。長女はラージェルの子ではないと。クレア夫人が……」

強姦に遭ってできた子であるとはとても言えなかった。

遠い記憶が甦る。教会の庭に咲いていたブルーデージーを手に帰ってきたエディを迎えてくれたひとは、微笑んでエディの手を取り、自分の腹部に当てた。

「ここにあなたの妹がいるの。ボブと私とあなたの大切な家族。この花の名前をつけるわ。フエリシアとも呼ばれている花なの。花言葉は『恵み』。あなたが名付け親ね、エディ」

元ロキの子どもだったエディは、テロ組織ラグナロクの証人に追われる身だった。逃亡生活に身重の母は耐えられないだろう。父と母の離婚は苦渋の選択だった。

そして今年はじめ、エディは故郷のウェールズの教会で父の墓参をした。そこに手向けられていたブルーデージーの花束。それを見て、彼女が来たのだと悟った。テロリストとして葬られた父。名も刻まれていないその墓に。彼女しかいないではないか。誰が彼女にそれが父の墓だと知らせたのか。

「もしご存じならこれだけは教えてください」

声を絞り出すようにエディはアンダーソンに問う。

「今後、私がどう動くべきかの判断のために。彼女は敵なのですか。それとも……」

アンダーソンはまぶたを閉じた。真実を告げる時が来たことを彼は感じていた。その人の未来が幸福であることを願い、信じて決別した、この少年にとっては残酷な真実を。

（6）

ドアチャイムが鳴り、レオンはタブレットの電源を落としてデスクを離れた。ザルツはラージェルの運転手としていつもの勤務に出ている。外部モニターにフェリシアがうつむき加減で立っているのが映っていた。彼女が一人で使用人寮を訪ねてくるのは初めて。何かあると思いつつ、扉のスイッチを押した。

「急に押しかけてごめんなさい。昨日のお礼、まだ言ってなかったから」

今日は平日。学校でも二人は顔を合わせていたが、昨日の余韻に浸っているクラスメートが二人の周りでロボットダンスのまねごとをするなどで、落ち着いて向き合う暇もなかった。クラスメートらは自分たちが帰った後のクレア拉致未遂事件を知らない。ラージェルが手を回して報道されないようにしていた。まだ犯人も目的もわからず、報道して騒ぐことが犯人の思う壺にはまることになりかねないからだ。

そんなわけもあり、昨日の一件からフェリシアとゆっくり言葉を交わすのは初めてのことだった。

「君一人？」

フェリシアは頷いた。

「リリアスは昨日、私がもらったプレゼントの中にいくつか自分も欲しい物があったらしくて、ママとショッピングモールに行ってるの。一つだけ買ってやれってパパが言ったから」

「昨日の今日だよ。奥様が狙われているかもしれないのに？」

「……ええ。でもリリアスが退屈だって言うから。アナンドとメアリが一緒だし、もう一人男性ガードもついてるし、人目も多いところだからって」

メアリはあの時駆けつけてきた女性ガードだ。子どもたちの登下校の車の運転もしているのでレオンも顔なじみだった。

「本当にありがとう。あなたがいなかったらママも私も今頃どうなってたか。ケヴィン、強いのね」

「夢中だったからだよ。よかったら中に入る？」

フェリシアの顔を見ると、ただの礼だけで来たわけではないとわかる。レオンが招くままに彼女はゆっくりと部屋に入ってきた。

「ソファーに座ってて。今カフェオレでも淹れるよ。インスタントだけど」

「おかまいなく……」

大人っぽい口調でフェリシアは返す。カフェオレはすぐに目の前のテーブルに置かれた。

「何か相談があるとか」

フェリシアは少し躊躇(ちゅうちょ)してうつむき、しばらく黙って自分の手元を見ていたが、やがてその姿勢のままぽつぽつと話しだした。

「私ね……、パパの子じゃないの」

「え？　どういうこと？」

「教えてくれた人がいて。……パパは私を実の子として届けているけれど、ママが地球で産んだ子だって。パパとママが知り合ったのはその後だって」

「誰に聞いたの？」

「パパの仕事の友だちのところの女の人。昨日の誕生会にも来てくれてたわ」

ＺＳＤ社のザーリムの女秘書のことだろうか？　なぜ彼女が。

「年末年始休暇で私たち地球旅行したの。地球ではママの両親のお墓参りを最初にして、そこであの女の人に出会ったの。ママが教会の中で神父さまとお話ししている間、私お庭を見ていて。リリアスはママにくっついていたから、リリアスも私と離れていて、女の人の話は聞いていないわ。だから私しか知らないことなの。女の人はすぐ去って行ったわ。その後神父さまに案内されてお墓参りをしたんだけど、そのお墓に名前はなかったの。ママはキリルから持ってきたブルーデージーをお供えしてた。私、フェリシアっていうでしょ？　ブルーデージーはフェリシアって別名があるみたい。あれは私の本当のパパのお墓だったのかもしれない」

「それってどこだった？」

「西ユーロ州。イギリスのウェールズっていうところ」

ウェールズはあの人——エドワード・ウォーレンの故郷でもある。レオンはすぐに結びつけた。

フェリシアはロバート・ウォーレンの娘？　あの人の妹？　自分がこの少女の護衛を命じられたのは、一〇年前の事件のテロリスト、ロバート・ウォーレンの娘だからなのか。あのテロ事件には何か重大な秘密がある。その調査をしていた父セオドールはそれに気づいたのか。事故ではなく殺された、ということなのか。

「昨日ママが連れ去られかけたのも、そのことが関係あるんじゃないかって思うの。私の本当のパパのことか。今のパパにとって弱点になるかもしれない。パパはそれを知ったらママを許すかしら。私も……」

フェリシアの声は震えていた。

「ごめんなさい。ケヴィンに話しても仕方ないことなのに、私……」

「いや、一人で抱え込んでずっと辛かっただろうね。でも、その女の人が言ったことが本当かどうかわからないよ。それに、大事なことはお母さんがちゃんと君に話してくれるんじゃないかな。あまり決めつけて考え込まない方がいいんじゃない?」

ケヴィン――レオンはフェリシアを覗き込むようにそう告げた。

「僕でよかったらいつでも相談相手になるよ。もちろん他の人に話したりしない」

最後の一言は嘘になるだろう。わかっていながらレオンはそう言った。さっきまでタブレットに書き込んでいた、昨日のあれからの報告書に付け加えることになるだろうから。フェリシアが納得したかどうかはわからない。たぶん母親にも直接訊くことはないだろう。それでも誰にも話せなかった胸の内を聞いてくれたことに礼を言い、重そうに腰を上げて部屋を辞した。

ルーディアはエディのことも見るようにとカメラ付きのコンタクトレンズを渡した。軍はあの人への疑惑も払拭(ふっしょく)したわけではない。

一〇年前のグレッグソン事件。そしてレオンハルト・ガルミッシュの両親の事故。ヒロセが言っていたように、何かが何者かに、真実を曲げられている。そう感じた。クレアがロバート・ウォーレンの妻であり、エディやフェリシアの母であったなら、その真実のカギを握る人なのかもしれない。あの拉致騒ぎはラージェルへの脅しではなく、直接クレアを狙ったものなのだろうか。

レオンは底知れない大きな謎の渦に、自分も巻き込まれていくのを感じていた。

第五章　裏切りの代償

（1）

ラージェル邸門前で起こった夫人拉致未遂事件は、犯人の一人がキリル工科大の次期卒業者であることが判明してから、メディアでも取り上げられるようになった。ただ、クレア夫人が狙われたというのではなく、某実業家の家族を身代金目当てで誘拐しようとしたものの、失敗に終わったという形だった。犯人死亡は仲間割れの結果。駐留軍の発表はそうなっていた。

首相を狙ったと思われるアトラス社の爆弾騒ぎも、親会社のラージェルがキリル独立派であり、独立反対派の勢力によるものと発表された。悪しきは独立反対派とされたのだ。その可能性もないとはいえないが、早く幕引きをしたがったラージェルと裏でつながる駐留軍の発表はそれであり、キリル民の多くもそれを信じた。

しかし近衛府の方はその発表に応じて動いたわけではない。事件の翌日からドミニクは、三人の中隊長を呼んで、要人等の警備を一層厳しく固めるように指示した。特に首相関連の護衛を受け持つエディを何度も呼び出し、細かく指令を繰り返した。

エディの裏任務の一つはアンダーソン教授を護ること。それはあくまでジェスチャーで、彼をテロリストに渡してしまうことが本来の役目。アンダーソンは何者かの懐に入り、言われるままに、彼が昔封印したという新兵器を造り上げる。ただし、テロリストが使う時には、それが破壊されるように仕掛けを施して。

　教授だけでなくダニエルにもこの役割を引き受けさせる。教授はそれを破壊した後、再び封印するだろう。ダニエルを説得して、教授と共に敵の内に入り、それの制作過程を記憶させる。教授が封印しているものは後々軍が使う。ダニエルに再現させることでそれを可能にしようというのだ。

「アンダーソンが狙われるのは、おそらくキリルを去る時。キリルでの全日程が終了する頃だとヴァン中佐から情報も入っている。それまでダニエルをもう少しこちら側に引き込め。当初と比べ、かなり君に近しくなっているようだが、まだまだだぞ」

　確かにダニエルのこの一か月余の精神的な成長ぶりは目に見えるほどのものがあった。自分だけに向いていた視線が、今は他への思いやりも感じるほどに。それだけにエディの中で鬱々としたものは膨らむ一方だった。

　ダニエルの純粋な将来の夢や、アンダーソンへの畏敬の念をも利用しようとすることは、自身の倫理に反していた。しかし軍の中にあってはその吏道はたびたび相反するものになる。精神的にかなりきつい。

「情に流されるなよ」

ドミニクは決まってそう釘を刺し、エディを下がらせ、エディは重い足で退出するのだった。

「ウォーレン中佐」

廊下に出たところで聞き慣れた声が彼を呼んだ。フランチェスカ首相が秘書官と歩いてくる。首相暗殺未遂事件で負傷したクレイトンもすでに復帰して、そこにいた。

「あの時はありがとう。心配をかけたね」

「もうよろしいんですか？」

「ただの擦り傷で何日も閉じこもっておられんよ。やることは山積みのままだからね。あれは独立反対派の仕業だそうだね。まだまだキリル民の意思統一のためにも、動かなければならないからな」

首相は自信に満ちていた。快活で力強い笑みをたたえながら、エディの肩を叩いて通り過ぎる。

エディは一人、悶々（もんもん）としながら反対方向に歩きだした。

首相はますますキリル独立の方向へ進もうとしている。連邦が望まぬ方向へ。そしておそらくラグナロクの証人の望む方へと。

テロリストを炙（あぶ）り出すためとはいえ、これで本当にいいのだろうか。この流れの中で。

ふと窓の外を見る。キリルの美しい街並み、自然と溶け込んだ理想的な環境。そこには連邦やラグナロクの思惑とは関係なく、平和を享受し、暮らす人々がいる。自分が護るべきは、本当はそういう人々の生活なのではないか。そのために軍人になったはずなのだが。自分は一体どこへ向いていこうとしているのだろう。

（2）

あのアトラス社の事件の後、エディとゆっくり話がしたいと思っていたダニエルだったが、それからの数日は首相や各閣僚のスケジュールに合わせての護衛方針が複雑化されたようで、エディは連日、近衛府に呼び出しを受けて留守になることが多かった。

ダニエルはエディが付かないある日、サークルへ足を伸ばし、久方ぶりに仲間との茶話会を楽しんでいた。学生が犯人だったために、その日までは全サークル活動が休止になっていた。

話題はラージェル家の誕生会もあったが、サークル内の参加者がごく一部だったので、報告会程度。それよりも皆の関心を集めていたのは、アトラス社の爆弾騒ぎと、実業家家族を狙ったという誘拐未遂事件。サークルメンバーは二つの事件が同日ほぼ同時刻にあったことを関連付けて推理ゲームを楽しんでいた。誘拐未遂の犯人の一人は仲間に殺されたという情報だったが、キリル工科大の学生だったせいで、大学には何度も軍の捜査官が出入りしていた。

「うちのサークルの人間じゃなくてよかったけど、やだわよね。逃げた仲間はまだ捕まってないんでしょう？　ダニエル、護衛の彼から何も聞いてない？」

メイエンが質問を振ってきても、ダニエルは答えることができなかった。エディはこのところほとんどダニエルとも口をきく間もなく動いている。任務上のことは当然語ることはなかった。

ただあれからエディたちの存在を疎ましくは思わなくなっていたダニエルだった。今日も一日エディが側にいないのが逆に淋しかった。

「それについては何も。先日狙われたのが親父だったから、そっちの用事が多いんじゃないかな」

その日公邸に帰ってくるとすでにエディが戻っていた。まだ軍服を着替えていなかったが、笑顔でダニエルを迎えた。

「久しぶりに夕食をご一緒しますね。食後また出かけますが」

「忙しそうだね」

「すみません。数日経てば、またいつも通り学校へもご一緒できるようになります」

「いや……。軍の仕事と学生の両立は大変なんだろうなって」

その夜二人は数日ぶりに夕食を共にした。

「君はなぜ軍人になったの?」

ダニエルは初めてエディに訊いてみた。

「そうですね。宇宙で働きたかったからかな。空軍なら可能だと教えてくれた人がいましたので」

「そうなんだ」

「人類の知らない宇宙へもいつか行ってみたいんです。そんな時が来るかどうかはわかりませんが」

「僕は惑星間往還機を造りたい。ワープ航法も取り入れて太陽系外(ソレイユ)の未知の宇宙にも人間を運んでいけるような」

「ああ、そういう往還機があるなら行けそうですね。早く造ってくださいね。私が乗れるだけの年齢にあるうちに」

ダニエルの目が輝いた。

「もちろんだよ。最初の機長はエディを推(お)すよ。僕にそれが造れると思う？」

エディはダニエルを真直ぐ見つめた。

「すばらしい夢じゃないですか。あなたの夢はいつか人類を大きく羽ばたかせることになるでしょう。あなたにはその能力がある。十分可能です。だから、自分の力を信じ、本当に大切なことにその力を使ってください。そしてその夢が叶ったら、私の夢も一緒に乗せて飛ばしてください」

ダニエルは目を潤ませた。そんな自分の夢を語り、受け入れ、叶える力を信じてくれた相手はエディが初めてだった気がする。

「太陽系外にも知的生命体がいるかもしれないよね。いつか彼らと出会って交流するなんて時代が来るかもしれない。僕ら、その先駆者になれるのかな。見てみたいなあ、そんな時代」

「宇宙の大航海時代ですね」

「そう。でもお互い略奪や侵略はなしでね。平和的に交流できたらいいよね」

エディはこんな楽しそうなダニエルを見たことがなかった。そのための夢なら応援したい、護りたいと心から望んだ。ダニエルならその大きな夢を実現できる能力がある。何者かの野心のために使わせてはいけない。

二人はそんな話をしながら和やかに夕食を終え、エディは口元をナフキンで軽く拭いて立ち上がる。

「ダニエル。けれど今は、私はあなたの盾です。あなたの側にいる限りはあなたを、あなたのその夢ごと全力で護ります。しかし、もし私に何かあったら……」

「え?」

「もしもの話です。私にしろ、イワノフにしろ、誰にしろ、我々護衛に何かがあってもあなたはあなた自身を優先し、逃げなさい。我々に構うな、ということです」

「そ、そんな……」

「これからも何が起こるかはわかりません。この前の首相の件でもおわかりでしょう？」

「いやだ！」

ダニエルは立ち上がり、エディにしがみついた。

「いやだ。誰かが僕のために犠牲になるなんて絶対いやだ」

エディはそっとダニエルの手をほどいてその瞳を覗き込んだ。

「犠牲ではないんですよ、ダニエル。それが私たちの仕事です。あなたのその夢のためにも今はあなたを護ることが我々の使命なんです。あなたはまず自分のことを考えてください。あなたの夢、それを必ず全人類の未来のためにかなえてください。必ず」

「もちろんさ。だけどもし僕や親父のために、君や君の部下に何かあったら、僕は……。やっぱりそんなのいやだ」

ダニエルはまたエディに抱きついた。

「僕の往還機には君を乗せるんだ。だからその時までどんなことがあっても君にも無事でいてほしいんだ」

その時、ドアチャイムが鳴りイワノフが入ってきた。と、同時に目を見開き、その足が止まる。

「し……失礼しました」

「ああ、もう時間だな。選手交代！」

エディはダニエルの腕を振りほどいてイワノフの方へ押しやった。

「またゆっくりこの話はしましょう。私も久しぶりに宇宙への夢を思い出せて楽しかったです。あとはセルおじさんとごゆっくり」

ダニエルはイワノフを見上げた。イワノフは戸惑った様子でエディを見る。

「あの……。お話がよく見えないんですけれど」

「頑張れ、ダニエルっていうような話でもしてやってて。それには体をもっと鍛えないとだめですとか」

エディは軍服の襟元を直しながらそう言った。

「……じゃあ、じゃあさ」

ダニエルは出ていこうとするエディの背中に向けて訴えた。

「せめて教えてよ。君の得意な武術。僕自身を護るために」

エディの足が止まる。振り返ったエディは笑みを浮かべていた。

(3)

さらに一か月半が経った。四月に入っている。ラージェル邸での誕生会の日に起きた二つの事件の捜査は、その後目立った進展もなく、ニュース番組も伝えるべき新事実がないことで、ほとんど触れることもなくなっていた。アトラス社も平常業務に戻っていた。

首相公邸ではダニエルの武道の特訓も続いていた。エディだけでなく、部下たちも交替で練習に加わり、ダニエルも簡単な護身術くらいならできるようになっていた。走るスピードや持久力も付きだした。自分から必要を感じて教えを請うて始めたことなのでその伸び率も高い。筋トレの効果も出始め、か細かった体形も少し男らしくなっていた。

そのことがダニエルにも様々な自信になっていく。エディが護衛官として付いた二月初めから二か月半で人柄としてもかなり変わってきた。

またアンダーソンにはホテルの部屋に常時数名の学生に扮した護衛が付いていた。レガルト班の者たちだ。学生として潜入中のレガルトをはじめ若手の部下たちは、学習のためという口実でホテル側の許可も取って、カードキーを手にして宿泊している。もともと部屋のチャージとして納金されていたことに加え、学長のバナティからの要請という形での滞在にしたので、そちらは事がスムーズに運んでいた。

アンダーソンのキリルでの日程もあと半月を残すところ。エディたちも緊張の日々を送っていた。必然的にダニエルとの別行動も増えていた。

その日。日曜だったがエディは早朝から出かけていた。前日も公邸に帰らず、話ができないままだった。

「エディがいたら頼もうと思ったんだけど」

仕方なく副官のイワノフに訊いてみる。

「今日は出かけたいんだ。午前中だけ」

「どちらへ？」

「ロイヤルキュリロスホテルのカフェ。午前中だけならそこで話をしてもいいってアンダーソン教授がおっしゃるから」

いいですよ、とはイワノフはすぐに言わなかった。少し困惑したような様子でダニエルから離れると、どこかに連絡を入れる。

「はい。午前中だけということなんですが。……いえ、それは伝えていません。……はい。ではそのように。了解しました」

ダニエルのところに戻ってくると、イワノフはようやく承知した旨伝える。
「ウォーレン中佐の了解を得ました。すぐ出かけましょうか？」

ホテルのカフェでダニエルはアンダーソン教授と差し向かいに座っていた。テーブルの上にはコーヒーがそれぞれに置かれていたが、ダニエルはそれに手をつけずにアンダーソンの方へ身を乗り出した。

アンダーソンは二週間後には地球へ帰る。その前にダニエルは、将来の自分の希望などを個人的に話しておきたかった。

「僕は教授の下で惑星間往還機の研究をしたいんです。火星の地球化（テラフォーミング）計画も近い将来完成になり、地球人（アーシアン）の宇宙移住も、もっと増えるだろうし、太陽系外へ乗り出す時も来るかもしれない。その時の礎になる研究や開発を手掛けたいんです。そのためにはキリル工科大でだけでなく、もっと学びたい。ワイネマン工科大に僕も入ることができるでしょうか」

アンダーソンは微笑みながらダニエルの話を聞き、そしてゆっくりコーヒーをすすった。

「大昔の人間は、まさか自分たちが空を飛ぶ日が来るとは思わなかっただろうね。それが多くの失敗や死を伴う犠牲の上で飛行機ができ、宇宙にまで飛び、やがて月までも行き、スペースシャトルのような往還機もできた。宇宙ステーション、小惑星への飛行……。あげればきりのないほどの宇宙開発の上で今のキリルがあり、キリルで生まれ育った君らがいる。さっき礎と言ったね？　ここまで来るのに、多くの名もなき研究者やお蔵入りした研究がある。すべて無駄だったわけではない。君の夢も形になるかどうかはまだわからないが、いつかたくさんの礎の一つになり、形になるといい。君がその気で、本気で頑張るなら、いつでも歓迎するよ。ワイネマンで待っている」

「でも父が許すでしょうか」

「本気ならお父さんともちゃんと向き合って話し合うんだね。君のキリル工科大で学びたいという希望を理解してくれた人だ。わかってくれると思うがね」

アンダーソンは、まずキリル工科大を卒業すること、ワイネマン工科大学に一度見学に来ることを勧め、午後に約束があるからと席を立った。

すぐ傍でダニエルを護るように立っていたイワノフは、エレベーターに向かうアンダーソンの背後にレガルトの部下の姿を確認すると、ダニエルの肩に手を置いて帰りを促した。

ダニエルは溜め息をついて席を立つ。

「親父が難関なんだけどなぁ。キリル独立なんて言ってるし」

「話し合う時間はありますよ」

「そうだけど……」

二人はレジへ行き、イワノフがＩＤでコーヒー代を支払おうとすると、すでにアンダーソンから受け取っていると言われた。その間ダニエルはホテルに入ってくる見覚えのある顔に気づいた。

（ジェフリーだ）

サークル仲間のジェフリーは一人、ロビーのソファーに腰を下ろし、電子雑誌を開いた。声をかけようかとも思ったが、足がそちらに向かなかった。

（教授が昼から会うっていうのはジェフリーなのかな。彼も……）

そういえばジェフリーは、アンダーソンの教え子グラント教授のゼミを取っていると言っていた。四年生だし、進路のこともいろいろ考えている頃だろう。

「どうしました？」

イワノフが尋ねると、ダニエルはかぶりを振り、二人は帰途についた。

そしてその日の昼過ぎ。アンダーソンのホテルの部屋に訪ねてきた人物がいた。非公式であったがフランチェスカ首相だ。

アトラス社での講演会が爆弾事件で中止になり、結局息子が将来の師と考えているアンダーソンに会えないままだった。また何かの講義に参加となると、前回のようなテロを警戒しての大掛かりな警備が必要になりかねない。首相は公用車も使わず、秘書官一名と護衛官三名、全員ゴルフでもするかのようなポロシャツにブレザースタイルでホテルに現れた。宿泊客のような素振りでフロントを通らず、エレベーターに乗ると、あらかじめ聞いていたアンダーソンの部屋の階を目指す。

降り口にはエディとレガルトが平服で迎え、アンダーソンの部屋まで案内した。アンダーソンの部屋には秘書官とクレイトン他一名の護衛、エディのみが入り、他の部下たちは廊下に待機した。

笑顔で迎えるアンダーソンに、首相は帽子を取って丁寧に頭を下げてから握手を求めた。

「ご迷惑をおかけして申し訳なかったです」

自己紹介の後、首相は先々月末の爆弾事件について詫びた。

「あなたの講演も別日程でと思いましたが、録画したもので拝見しました。今日は非公式のつもりでしたから、大袈裟な警備はいらないと言っておいたのですが」

「あなたのお立場なら非公式でもいたしかたないですな」

首相は苦笑した。

「首相の立場は面倒なだけです。ですから今日は首相ではなく、一学生の我儘な親として来たつもりでしたが。一般の親はこんなことはしないでしょうな。大学生にもなる息子の親は。結局首相という立場を利用しているようなわけです」

「ご子息は望まれていないとは思いますが。先日からメールやお電話で伺っている件ですね」

「ええ、随分勝手で一方的なお願いです」

アンダーソンは頷いた。

「そう。こちらの立場を考えてくださらない勝手なお願いですね。ワイネマンを辞め、キリル工科大に来る気はないかと。キリルの独立を考えているということですか。いずれ決別する連邦へご子息を行かせたくないと？」

「私は今連邦に不信を抱いています。独立するにしろ穏便な形を望んでいますが、意に反して過激な動きもないとは言えない。一方独立反対派の方もこの前の時のようにテロに走る者が出てくる。今この状況下で息子を地球に送り出すのは不安です」

「わかります。キリル首相のご子息であるダニエル君は、独立推進派、反対派どちらにも利用されかねない。かと言ってあなたもこの現状を放り出したまま、辞任するわけにはいかない」

フランチェスカは頷く。アンダーソンは続けた。

「私も私の立場があり、ワイネマンを離れることはできません。実はダニエル君に午前中お会いしたのです。彼の方から会いたいと言ってきて。あなたがここに来ることは言っていません。彼の意志は固い。連邦のためでもキリルのためでもなく、人類のために学びたいと、そう願っているように私には感じられました」

アンダーソンはふと遠くを見るように、窓の外を見つめる。その視線がフランチェスカに戻った時には穏やかな表情だった。

「昔私には大切な友人がいましてね。彼は幼い息子を遺して死亡したのですが。その妻もある大事な任務ゆえに息子を手放さなければならず、息子は一人で生きることになりました。ある家の養子縁組も断り、自分の意志で。今では立派な青年に育っています。親が思う以上に、子どもはいつの間にか強い精神力を持って育っているものです。親にとってはいくつになっても子どもであり、守りたいものですが、ある程度距離を取りながら遠くで見守ることも必要かと。苦労する中で子どもは学ぶものです。そして必ず親の愛情も感じ取ると、友人の息子を見ていて信じることができました。ダニエル君も大丈夫ですよ。私は彼がその気なら、地球で彼を待つつもりです。それも彼の意志次第です」

フランチェスカは話を聞きながらエディを見つめていた。アンダーソンの言う「友人の息子」が彼と思ったわけではないが、なぜ昨年末に見かけてから気になる存在だったのか、今はわかる気がした。息子と同じ年齢、親という後ろ盾がなくても真直ぐに生きているのを感じ、ダニエルにもそうあってほしいと願っていた。キリルの首相としては、キリル中心の視点で動いてしまう自分よりも、ダニエルは地球人類の未来を含めて自身の将来を考えている。おそらくキリル工科大に入ったあの頃すでに。親が思いもしない大きな視点を持って。

それは少し淋しさも伴うものだったが、嬉しい気づきだった。フランチェスカは晴れ晴れとした笑顔でアンダーソンの手を取った。

「息子がワイネマンに入る力があり、それを望むのであれば、私は父親として反対はしません。どうぞ息子をよろしくお願いします」

（4）

少なくともダニエルの地球留学は認めた首相だった。だがキリル独立の考えを捨てたわけではない。キリルの今後はキリルの人間が決めていくべきこと。だがそれが連邦へのテロや戦争という過激な手段に結びつかなければいいのだが。

フランチェスカとアンダーソンの会談の後、エディは一人公邸への道を車で向かっていた。その時だった。少し離れた場所から爆音がした。エディは路肩に車を停めた。嫌な予感がして車を出る。前方右脇、木々の緑がこんもりと森を形作っている。彼がさっきまで向かおうとした先、首相公邸にほど近い公園——その森からだった。

急いで車に戻ろうとすると、モバイルが鳴った。一足先にホテルを出たクレイトンからだ。息も切れ切れの彼の報告では、首相がまた狙われたらしい。公園に近づいたあたりで爆発物センサーが反応したという。調べたら秘書官のポケットにいつの間にか小型爆弾が入っていた。クレイトンは秘書官の上着を脱がせてそれを持って車から離れ、公園の池に投げ込んだ。幸い池でボート遊びをしている者はなく、周辺に水しぶきが飛び散った程度の被害ですんだ。しかしもし車内で爆発していたのなら、間違いなく全員死亡しただろう。

エディは、安全確認ができ次第、クレイトンのみ残し、首相を公邸に連れ帰るよう命じた。そしてドミニクに連絡した後、車に戻って現場に急いだ。

現場はすでに大変な人だかりができていた。

現場報告のために残っていたクレイトンは頭からずぶ濡れだった。首相たちはすでに公邸へ無事帰り着けたという。

「ホテルを出た後くらいから尾行されているように感じて、用心はしていたのです。公園に近づくまで何もなかったのですが、途中で何かのスイッチが入る音がして、急にセンサーが警報音を鳴らし始めました。おそらく公邸に帰り着いた頃に爆発させる予定であったのかと思われますが。とにかく秘書官には上着を脱いでもらいました」

スイッチの音は時限装置が作動し始めたものだろう。少しだけでも間があったことで、助かった。おそらくタイミングを見計らって遠隔操作でスイッチを入れるための尾行だったと思われる。

エディはまだ緊張の面持ちで周辺を見回す。

「尾行らしき車の記録は撮ってあるか?」

「はい、レコーダーに。これです」

クレイトンはレコーダーのメモリーチップを差し出した。

「しかしその車は素通りしていきましたが」

「だろうな。それをすぐ解析させる。とにかくありがとう。よくやってくれた。まだまだ油断ならないな」

通報を受けて飛んできた駐留軍にも、クレイトンから事件の状況を報告させ、エディはその間に首相の車のレコーダー映像を密かにドミニクのタブレットに転送した。駐留軍の多くがラージェルと繋がっているという情報はヴァンから入っている。大事な証拠を渡してしまう前にやっておかなければならないことだった。


「今度の件だけじゃないな。アトラス社の時もおまえだろ？　おまえがやらせたんだな」

ラージェルは苦々しそうにプザンを睨みつけた。目の前で小さく体を丸めている男を見ると無性に腹が立った。窓のないその部屋は、ラージェルがラグナロクの証人として使っているキリルの外壁を利用した地下施設の一部だ。キリル工科大学の地下と繋げたのは、極秘の研究のために使う目的のためで、理事長プザンの逃げ場のためではない。

「妻の誘拐もお前の差し金か⁉」

「あ……、あれはザーリムがあんたのためだと言うから……」

「何⁉　どういう意味だ？」

「そこまでは聞いていない。だがいずれ感謝されるだろうと」

「ふん。ばかばかしい。そんな戯言（ざれごと）に乗ったのか」

あのフェリシアとケヴィンの誕生会の日より、ラージェルはキリル工科大学理事長プザンに監視を付けていた。あの翌日ザーリムはひとりで地球へ帰り、女性秘書は行方をくらませている。プザンは何食わぬ顔でキリル工科大学の理事長職を続けていたが、今になって急に動きだした。それも黒幕としてではなく、自分自身で。

首相がアンダーソンに会いに行き、その帰りをずっと尾行するかのようにつけていた。その自分もラージェルの手の者につけられているとも知らずに。そして爆弾騒ぎだ。今度も首相をやり損ねて、そのまま現場から去り、途中一緒にいた学生らしき若者を下ろして一人自宅に帰ったところでその身柄を押さえた。そのままこの地下へ連行したというわけだ。

「おまえが首相の車を追っていたことは、あちらにも気づかれていたぞ。おそらく連邦軍の捜査陣にも情報は行っている。しばらくここを動かないことだな。駐留軍がうまく事件を片付け、ほとぼりが冷めるまでここにいろ。世話役にガザムを付けてやる」

淡々とした口調でそう言うと、ラージェルはこの疎ましい男の前から去った。プザンを匿（かくま）ったのではない。首相暗殺未遂の犯人として彼が連邦側の手に渡ったら、自分も危うくなる。フランチェスカ首相はまだ利用しなければならないのに私怨で勝手に動くような、そして援助の恩義も忘れて他の男に言いくるめられ、このラージェルの家族にまで手を出すような男は、もう邪魔なだけだ。

裏切り者にはそれなりの代償が必要。その時が来るまでの間だけ潜伏を許すだけだ。その時が来るまで命を預かるだけだ。

ラージェルは肚の中で繰り返し、やがてある妙案が浮かんで口の端を緩めた。裏切り者は他にもいる。その両方に同時に代償を払わせるという妙案が。

父が二度も命を狙われたということに、ダニエルは大きなショックを覚えていた。二度目がダニエルと同じ日の午後にアンダーソンに会いに行った帰りであることは伏せられている。エディからもそのことは聞いていない。休日のゴルフの予定をキャンセルして帰る途中だったと報道されていた。ただ今回駐留軍は、はっきりと容疑者を発表している。クワメ・プザンだと。ダニエルはそのことにも愕然となった。キリル工科大学の理事長が容疑者となれば、一体大学はどうなるのだろうか。

しかし理事会は早急にプザンを罷免。新理事長にはそれまで多額の援助をしてきたラージェルを推した。ここキリルで人望もあり、プザン一族の汚名から目を逸らせる意味でも、外部からの人選となった。ラージェルは渋りながらも引き受けた形で、近く就任式が行われると決まっていた。

プザン自身は行方不明。現在指名手配されている。大学の方はたまに駐留軍が出入りする程度で、ほとんど平常通り運営されていた。

こうしてアンダーソンの特別講義の期間もあっという間に過ぎていった。

最後の講義の後、アンダーソンはダニエルの肩を軽くたたき、

「地球への渡航が決まったら教えてくれるかな？　ワイネマンを案内するよ。その目でどういうところかじっくり見て、お父さんと話し合ったらいい」

と耳打ちした。

ダニエルは瞳を輝かせ、将来の希望が見えてきたことを感じた。だがその翌日に彼の運命がまったく別の方向へ回りだすことをダニエルは予想だにしなかった。

（5）

その夜、大学関係者が開いた送別会を済ませ、ホテルの部屋に戻ったアンダーソンをエディが迎えた。

「今日は大学で見かけないと思ったが、ここにいたのかね？」

「明日のことがありますから空港への道中を見て参りました。私も今夜はここに泊まります」

「そうか。君にも挨拶しておきたかったから、来てくれてよかった。明日は予定通り一五時の地球便だ。空港までは車でも二時間かかるから、チェックアウトをしたらすぐに向かうよ。だが実際地球便に乗れるのかどうか。奴らがどんな手に出るのかは不明だ。ハイジャックを考えているのなら一般人を巻き込んでしまう」

「地球まではレガルトたちに見届けさせます。後は連邦軍とＭＩＳＴの計画通りに」

「すんなりいってくれるといいんだがねえ」

「ええ……」

「まあそんなに心配しなくていい。これでも一応ＭＩＳＴの一員だ。それに連中は目的達成までは命を取るまいよ」

「目的達成後は危険だということですよ」

「奴らの目的は達成できないよ」

アンダーソンは軽い口調であるが、きっぱりと言い切った。


周辺で小さな寝息が聞こえる。だがエディは眠ることができなかった。アンダーソンのホテルの部屋。その居間にエディとレガルト班全員が待機している。士官クラスのエディとレガルトはソファーに横になっていたが、他の者は寝袋でカーペットの上で休んでいる。彼らを起こさないようエディはそっとソファーから起き上がった。

「中隊長、眠れないのですか?」

アンダーソンのいる寝室の扉を守っている二人の部下のうち一人が声をかけた。二人は翌朝のチェックアウトまでアンダーソンを護る役目だ。

「お休みにならないと。朝からが本番ですから」

「そうだな。すまん」

エディはもう一度ゆっくりソファーに身を横たえた。

何かが起ころうとしている時いつも感じる胸騒ぎが、その時もエディを支配していた。眠ろうとしたが、その胸騒ぎが邪魔をする。これは何かを予感しているのか、それとも単にミッションの山場を明朝に控えての緊張のせいなのか、エディには判断がつかなかった。

この重苦しさに負けてはいけない。エディは瞼(まぶた)を閉じ、ゆっくり呼吸を整えた。今は眠ろう。明朝のために。自分がベストでなければ何も護れない。

眠ろう。眠ろう……。


朝、アンダーソンはよく眠れなかった体を引きずり起こした。隣の居間にはすでにエディ他大半の護衛の姿がなかった。二人だけ残っていたレガルト班の私服兵士に労いの言葉をかけ、身支度をして三人で部屋を出、朝食をとる。

一〇時少し前だった。キーを返すとフロント係が声をかけた。

「キリル工科大のグラント教授からご伝言です。送迎車を用意するとおっしゃっていました」

フロント係が手で示した入り口に、グラント教授の姿があった。アンダーソンの姿を見て会釈する。アンダーソンはグラントに歩み寄った。

「おはようございます。昨夜の送別会ではそのようなお話は伺いませんでしたが。学生が送ってくれると今朝までいてくれたので、彼らに頼もうかと思っていたところです」

「おはようございます。助手がどうしてもと申しましてね。私は大学に戻らないといけませんので、ここで見送らせていただきます」

「それじゃあ……」

アンダーソンは振り返ってフロントのそばにいる護衛たちに礼を言い、グラントと握手した。

「心遣いありがとう。楽しい三か月でした」

「あっという間でしたわね。またお会いできる日を楽しみにしております」

アンダーソンは案内されるまま、車寄せにあった車に乗り込んだ。

「中隊長、教授はタクシーではなく送迎に現れたグラント教授の助手の車に乗りました。ナンバーH1537、T社アトモスフィア、シルバー車体です」

少し離れたところに停まっていた車の中でレガルトがエディに連絡を入れた。その後その車ともう一台レガルトの部下の車は、アンダーソンが乗った車の後方を、距離をあけてゆっくり走っていった。

車は初め真直ぐに空港へ向かっていたが、やがて脇道に逸れた。

「道が違うのではないかね?」

アンダーソンが尋ねる。

「この時間、メインストリートは混雑するので、脇道から行きます」

これを見てレガルトたちもすかさず追う。それでも一分近く遅れての迂回(うかい)だった。他の車が数台、妨害するかのような形で割り込んできたのだ。同じ脇道に入った時、追尾していた二台とも、アンダーソンの車を見失ってしまった。レガルトの顔色が変わった。

「中隊長、申し訳ありません。脇道に入ったところで見失いました」

別の車で移動中のエディは車を路肩に停め、ナビゲーションの画面を拡大した。アンダーソンの上着に仕込んだ発信機の表示も脇道に逸れてしばらくして忽然と消えた。そしてレガルトの車を妨害するように割り込んできた車列の発信機も。エディはその場所を確認すると深い溜め息を漏らして、肩を落とした。

ここまでだ。ここまでが彼らのアンダーソンに関するミッションだ。レガルトを妨害したのはドミニクが放ったこちら側の車なのだ。アンダーソンを敵に引き渡すためだった。レガルトには作戦の詳細を伝えていない。ドミニクと各中隊の指揮官のみ知っていたことだ。

苦い気持ちに整理をつけていると、アンダーソンの車の発信機が再び点灯し、空港に向かい始めた。エディはそのことをレガルトに伝えた。

「君は予定通り空港に向かい、向こうで待機している部下たちと合流して地球便に搭乗するんだ。これが教授のものかどうかは不明だが、搭乗者名簿を埋めるための偽物とも考えられる。地球まで泳がせてから逮捕しろ。向こうの空港警備隊には連絡を入れておく。本当の教授なら当初のように帰宅まで見送り、こちらに帰ってダニエルの護衛に回ってくれ。念のためにその脇道の辺りはこちらで調べておく」

「了解」

今頃はドミニクの配下が、アンダーソンを乗せた車が消えた辺りをチェックしていることだろう。心の中でレガルトに詫びながらエディは無線を切った。

途端に胸が締めつけられるように痛んだ。嫌な予感がする。あの追悼式に感じた同じ痛みだ。

と、突然にモバイルが反応した。

「エディ。バーガーだ」

それは昨年度からキリル工科大に潜入しているエディの同期生、バーガー・マクマレー少佐だった。キリル赴任直後に連絡をとっていたあの時の相手だ。

「ダニエルに何かあったのか？」

「ああ。首相を最初に狙った奴を押さえたんだが、やはりキリル友好の会のメンバーだった。そいつを締め上げたらダニエルの拉致計画を今日決行すると白状した」

バーガーの話では、明日の新理事長就任式に向けて、今日は昼から休講。クラブやサークル活動も休止、居残り研究なども禁止。決行は全講時終了後とのこと。

「奴ら本気でやるつもりだ。そっちが終わったら大学に戻ってこられるか？」

「たった今終了したところだ。すぐ行く。また何かあったら、私の到着までイワノフの方へ連絡を入れてくれ」

「了解」

その連絡のすぐ後にレガルトからの通信が来た。やはりアンダーソンは入れ替わっていた。同じ上着だがよく似た風貌の別人だったという。指令通りこれから搭乗手続きを取って、部下たちとその男を監視しながら地球に向かうと報告が入った。

エディは以上をドミニクにも報告を入れながら、キリル工科大に車を向けた。ドミニクはまた釘を刺してきた。

「ダニエルはそのまま敵に渡してもいいんだぞ」

「しかしまだ時期が早すぎます。彼が向こうに付くようなら……」

「その時はテロリスト一味の一人として捕らえる。君の役目だったはずだ」

「もう少し時間をください。彼はまだサークルの実態も知りません」

「時期の判断は君に任せている。ただいつも言っているように、情に流されてその判断を見誤るな」

ダニエルを利用することにもエディ自身納得がいかないままだ。情に流されていると言われればその通りだった。

ドミニクへの報告が済むとエディはイワノフに連絡を入れた。バーガーからの報告は入っており、公邸に待機中の部下も呼んでいるとのことだ。部下が来たら四班に分け、各校門前に待機させる手筈だ。

「私もすぐに行く。それまでバーガーと連絡を取り合って状況に応じて動いてくれ」

「わかりました。道中お気をつけて」

エディは無線を切ると自分に言い聞かせた。

ダニエルのために行くのではない。連邦とキリルの衝突回避のためだと。

(6)

その日もエディはダニエルの傍になく、代わりにジェフリーがダニエルの隣の席にいた。一年上だが、単位補充でこの講義を受けていたそうだ。この講義室で見かけたことはないと言うと、いつもエディが傍にいるので、後方遠くの席を取っていたとジェフリーは言う。

ここでは二時間を一講時としている。途中休憩も入る。その休憩中、ジェフリーがダニエルに話しかけた。

「最近さあ、君の護衛よくサボっているな。出席日数足りてるのかねえ」

「エディは他にも任務があるんだ。仕方ないよ」

「へえ。いつも護衛がいて嫌だって言っていたのに、あいつのこと庇(かば)うんだ」

「護衛の大切さもわかったんだ。いつまでも子どもじゃないよ」

ジェフリーは鼻先で笑った。

「それより、この前アンダーソン教授に会いに行ったんじゃないの、ジェフ。ホテルで見かけたよ」

「それ、誰かに言った？」

ダニエルは首を横に振る。

「教授に会いに行ったわけじゃない。デートの待ち合わせに使っただけだぜ」

「彼女ってメイ？」

「メイはそんなんじゃないさ。ただのサークル仲間。それよりこの講義の後、クラブハウスに来ないか？　大事な話があるんだ」

「だけど今日はサークル休みだよ」

「大事な話なんだ。君、ワイネマン留学希望だろう？　そのことで。すぐ済むからさ」

そんなやり取りで休憩は終わり、そして残り一時間も終了した。

クラブハウスは大学の奥。グラウンドの脇に建つ五階建て。キリル友好の会の部屋は四階だった。エディが護衛に就いてからは数えるほどしか行けなかったダニエルだが、ここでは初めて友人を作ることができた。彼らとキリルの未来や、ダニエルの知らないトレンドの話を聞くことが本当に楽しかった。やっと自分の場所を見つけた。そう思っていた。

（あれ？　過去形で感じている……）

ダニエルはなぜかそう思った。

二人は小さな机を挟んで差し向かいに腰を下ろした。そして切り出す。

「俺、大学を辞めるんだ」

「え？　どうして？　今年度で卒業なのに？」

「俺さ、親父が病気なんだ。お袋が仕事をしてどうにかやってるような家庭なわけ。ここに入学できたのは前理事長が父親の知り合いで、援助してもらっていたおかげなんだ。だけど前理事長がお前の父親を暗殺し損ねて姿を消したから……」

「そう……。残念だね」

その一言を聞いてジェフリーはふっと息を抜くように笑った。

「相変わらずお坊っちゃまだな、おまえは」

ジェフリーは立ち上がり、ポケットからナイフを取り出し、その切っ先をダニエルに向けた。

ダニエルも思わず立ち上がる。

「な……、何するんだ⁉」

「この前からのおまえの親父の暗殺未遂は軍の言う通りさ。前理事長の指示だ。俺はそれを実行した。お前の護衛官の部下のおかげで失敗したけどな」

「えっ？　ええっ⁉」

「ホテルで見かけたってさっき言っていただろ？　あの時お前の親父が来ていたんだ。一般人のふりをしてな。アンダーソンにお前のことを頼みにでも行ったんだろ？　その時に俺が仕掛けたんだ。小型爆弾を秘書官のポケットに入れてやった」

ナイフの切っ先はダニエルに向けられたままだった。ダニエルはナイフとジェフリーを見比べながら、後退りする。わけがわからない。頭の中を整理することもできなかった。

「嘘……。だってアトラス社の時は君もラージェルさんのところにいたじゃないか」

「あれは別のメンバーの仕事」

「う……。嘘でしょ？　メイはこのこと、知ってるの？」

「さあね。そんなこたぁ、どうでもいい。おまえを連れていけば、ラージェルさんが駐留軍に手を回して、前理事長のやったこともなかったことにしてくれるってさ。大人しく一緒に来いよ。逃げても無駄だぜ。俺一人じゃない。仲間が何十人もおまえを狙っているからな」

ダニエルは言葉にならない叫び声をあげる。ジェフリーは笑いながらダニエルとの距離をゆっくり詰めてくる。ダニエルはナイフを奪う隙を必死で探した。だが本物の刃を向けられるのは初めてのことだ。恐怖の方が先だった。向こうは遊び半分にナイフをちらつかせる。何度目かにナイフが飛び込んできた時、ダニエルの体は自然にそれを避け、相手の腕をつかんで捻った。ナイフが落ちる。それを蹴って遠くへ飛ばす。すべてエディとの訓練の中でいつの間にか身についていた。

ほっとしたのも束の間、ドアが開き、サークルメンバーが二人飛び込んできた。地球からの留学生、スティーブとデビッドだ。ダニエルは悲鳴を上げながら部屋を飛び出した。

「ちっ!! ブラッド！ そいつを頼む。俺はダニエルを追うわっ！」

スティーブはダニエルを追って駆けだし、デビッドはジェフリーに向かっていき、あっという間に組み伏せた。

「悪いな。俺たちも実はダニエルの護衛なんだ。会話は録音させてもらったよ」

デビッドは組み伏せた学生に耳打ちすると、拳を一発食らわせる。その学生の体から力が抜けた。


駄目だ。三人がかりなんてとても勝ち目がない。クラブハウスの近く、建物の隙間でダニエルは一人震えていた。さっきサークルの部屋へ行った時、過去形ですべて考えてしまったのはこれを予感していたのだろうか。もうあそこへは戻れないと。

（エディ、どうしてこんな時に傍にいてくれないんだ。……。あ、イワノフたちが外で待機してくれてるはずだ。彼らを呼べば……）

ところがダニエルはモバイルフォンを入れた鞄を置いたまま、身一つで逃げ出したことを思い出した。今さらながらエディ以外の護衛を大学に入れないという方針が仇（あだ）に感じた。

（どうしよう。エディ、どうしたらいいんだ。助けて）

心の中で嘆きながら、エディが来てくれることをのみ願っていた。

エディがやっとの思いで大学に辿り着いたのはそんな頃だった。車をイワノフの車の側に着ける。エディが降りるとイワノフも降りてきた。

「中の様子は？」

「ここからでは動きが掴めなくて。守衛も詰所でのんびりしている様子です。民間人なので巻き込むのもどうかと。テロリストグループと繋がっている可能性もあるので彼らはあてにできません。公邸の部下を呼んで各門に三名ずつ張り付かせ、今はマクマレー少佐かバンフォーク中尉からの連絡待ちです。応援を中にやった方がいいのじゃないかと、考えていたところです」

その時イワノフのモバイルが鳴った。イワノフはそれをエディに渡す。

「マクマレー少佐です」

「バーガー、今正門に着いた。ダニエルは？」

「エディか？　すまん。コンラッドの奴がダニエルを襲いやがった。ブラッドと助けに入ったんだが、ダニエルは俺らをサークル仲間だと思っているからパニクった状態で飛び出しちまった。クラブハウスを出たところまでは確認したんだが、逃げ足が速くて見失った。どの門から出てくるかもわからん。コンラッドだけじゃないらしい。何十人も仲間がいるとか言ってたぞ。気をつけてくれ。少し応援があるとありがたい。ブラッドはコンラッドを押さえているから、俺今一人なんだ」

スティーブと名乗っていたバーガーの焦った声が早口で伝える。

「わかった。私と部下の何人かで行く。君はどこかで待機していてくれ。サークルの仲間だと思い込んでいるなら、君を見かけたらダニエルは逃げるだけだから。見つけたらこちらから連絡する」

「了解」

エディはモバイルをイワノフに返し、バーガーの報告を伝えた。

「サークルの連中のほかにも学生テロリストがいるかもしれん。ダニエルを追って共に外に出てくる可能性もある。各門に待機中の部下に、応戦用の二人を残して、一人を大学内に入れ、クラブハウス前で集合するように伝えてくれ。ダニエルを確保したら、すぐに車に乗せて公邸に退避しろ。中にいる我々を待つ必要はない」

「わかりました」

イワノフは、一番若い足の速そうな兵士をエディに付け、各門の部下にモバイルで指示を飛ばす。エディは正門から大学に駆け込んでいった。

双眼鏡越しに正門から駆け込んでくる標的の姿が見えた。プザンは職員棟の最上階、理事長室にいた。その部屋からは地下のラージェルの秘密基地へのエレベーターが隠されていた。

この時間、学長ら主だった職員はいない。ラージェルが明日の就任式を前に彼らを昼食会に招待していた。クラブ等も中止なので、ほぼ学内に残っている者はいない。プザンの手の者以外は。

ダニエルとエドワードを捕らえてくれとラージェルは言った。二人はロキ様への献上になると。ロキの子どもだったエドワードは特にお気に入りらしい。また手元に置きたいということだ。この二人を捕らえてくれたならロキ様もお喜びになる。ザーリムになびいたことも、勝手にフランチェスカ首相を殺そうとしたことも、クレアを誘拐しようとしたこともすべて相殺されるほどの手柄になると。

たぶんそれは自分への罠だ。それくらいで許されると思うほど自分は馬鹿じゃない。だが両親を奪った男の息子、そして首相の座に居座っている男の息子。憎い二人を道連れにできるなら……。どうせ捨て駒だ。

しかし何もかもラージェルの思惑通りにはならない。

プザンは銃を取り、モバイルで手下の学生たちにゴーサインを出した。

エディは各門からの部下にそれぞれ二人で組ませ、学舎などの敷地内を分かれてダニエル捜索に当たらせた。彼自身は単独で気になるクラブハウス周辺を探していた。

その足が止まった。気配がする。かなりの距離があるが、グランドを囲む植え込みの向こう、一辺にずらりと並ぶ敵意を感じた。サークルメンバーをはじめとする学生テロリストに違いない。ダニエルを見つけるのを待っているのか。監視の目をくぐってダニエルを見つけるのはかなり難しそうだ。

意識を集中する。近くに気を感じる。敵意とは違う怯(おび)えた気を。ダニエルか？　その気に向かう危険な気も感じた。学生ではない。もっと訓練された兵士のような。バーガーやエディの部下でもない。ダニエルに危険が迫っていることを察知し、彼は再び駆けだした。


ダニエルは建物の隙間からそっと外を窺い、そこから出るべきかどうか迷っていた。

足音が近づいてくる。聴きなれた駆け足の。毎晩のように共に走っていたダニエルにはわかった。エディかもしれない。

物陰からそっと外を見る。エディが真直ぐこちらに向かって駆けてくる。

恐怖、信じていたものが崩れ去った悲しみと憤り、孤独感、それらすべてが一気に消えた。

自分が隠れている場所をエディがどうして掴んだのかはわからないまま、ダニエルはそこからエディに向かって叫んだ。

「エディィィ‼」

エディは立ち止まる。あの、正体不明の殺気が自分を射抜いてダニエルに向かうのが、はっきり感じられた。ロキの子ども。そうだと体が訴える。同時にエディは叫んでいた。

「来るな‼」

ダニエルはそれが聞こえていないのか、物陰から飛び出す。その瞬間エディはダニエルに飛びつき、二人して地面に転がった。エディは自分の体でダニエルを覆い隠しながら辺りを窺う。左肩から背中に焼けるような痛みを感じながら。ダニエルはエディの左手の甲に赤い筋が流れるのを見て愕然とした。

「エディ……、血が……」

「大丈夫。レーザーが掠っただけです。まだ狙われている。身を伏せていなさい」

そしてポケットからモバイルを出すとダニエルに渡した。

「ロックは解除しています。バーガー・マクマレーを呼ぶように言ってください。スティーブのことです。彼は軍人。味方です」

「え？」

「早く!!」

ダニエルは言われた通り、エディのモバイルに向けてバーガー・マクマレーを呼ぶように、指示した。

程なくバーガーともう一人デビッドが駆けてきた。いや彼も本当はブラッド・バンフォーク中尉。同じくエディの同期の将校だが。二人はエディを見て、顔色を変えた。

「エディ、撃たれたのか？　大丈夫か？」

エディは頷いた。ブラッドが言う。

「裏門からコンラッドを出して君の部下に預けた。あっちが一番近い。行こう」

エディは首を横に振る。

「裏門に回った敵の気配を感じた。私の部下が四人学内にいる。ダニエルに渡したモバイルで彼らを呼んで、他の門からダニエルを出してくれ。全員で。まだあちこちに敵がいそうだ。必ずダニエルを護ってくれ」

「君は？」

「ここにいる連中だけでも押さえておく」

「無茶だ」

「少し足止めするだけだ。すぐ後を追う」

「いやだ！　エディ、一緒に行こう！　死んじゃうよ!!」

ダニエルが叫ぶ。

「君にも言っておいたはずだろ？　私にかまうな！　行け!!」

エディはダニエルが隠れていた隙間の方へ顎をしゃくった。この奥から行けば、学舎の方に出られる。そちらには今は敵の気配はなかった。他の部下とも落ち合えるだろう。

「早く行け!!」

バーガーとブラッドは両側からダニエルを引きずり上げるように立たせた。エディはそれを隠すように立ち塞がり、銃を構えた。

「イワノフに連絡してすぐ応援を呼ぶ。それまで持ちこたえろよ、必ず」

バーガーの言葉にエディは背中を向けたまま頷いた。

先ほどのあの厳しい殺気が今度は自分に向けられたのを感じた。この殺気の主にはダニエルこそが囮（おとり）であり、本当の狙いは自分だとエディは気づいた。でなければバーガーたちがダニエルを連れ去るまで攻撃の手を緩めないはずだ。

背中が濡れ、血が脚を伝い落ちるのも感じた。思った以上に深手を負ったようだ。だが心臓が握り潰されるような痛みはその傷以上に彼を苦しめていた。このまま共に逃げても足手まといになるのは自分の方だ。

拒絶の叫びを再びあげそうなダニエルを手刀で気絶させて、ブラッドがダニエルを抱える。同期の二人の足音が建物の隙間から遠ざかっていく。

エディはふらつきながら前へ出た。

銃を構えた人影がグラウンドの向こうに姿を現し近づく。プザンだ。それに付き従うように現れる、手にナイフや鉄パイプを手にした若者たち。

その中にあの殺気を放つ者はいない。別の離れた場所から思念の攻撃を続けている。

だがエディは倒れるわけにはいかなかった。

残る力を振り絞り、目の前の敵に向かっていった。

エピローグ

一体あれは何だったのだろう。

地面に張りついたような体。プザンは両手をつき、何とか上半身を上げた。痛みが全身を貫く。口は開くが叫び声をあげることはできなかった。声が出ない。

周囲を見回す。率(ひき)いていた学生たちの体も、点々と転がっている。皆地面に這いつくばり、もがいていた。

そして目測二、三〇メートル先。一人倒れている軍服姿。プザンが殺そうとしていた青年。憎悪の対象でしかない男の息子だとわかった。

至近距離まで追いつめていた。青年はなぜか負傷しており、やっと立っているような状態で自分たちを迎えた。

さあ狩りの始まりだ。自分も学生らも残酷な本能が頂点に達していた。各々が手にした武器を目の前の獲物に向ける。

その時だった。とてつもない波動が獲物の体から発せられた。

一瞬だった。何が起きたのかわからなかった。そこにいた全員が、その見えない力に吹き飛ばされた。記憶しているのはそこまでだった。

　ぼんやりとそれを思い出していたプザンの耳に軽い足音が近づいてきた。そしてすぐ傍で止まる。

「殺しちゃだめって言ったのに、あんたって最期まで言うことをきかないのね。エドを怒らせちゃって。自業自得よ」

　足音の主が膝をつき、プザンの顔を覗き込む。その顔が無邪気に笑うのを見た。それを最後にプザンの意識は失われた。

了

あとがき

この本を手に取ってくださってありがとうございます。

「Destiny　―遥かなる宇宙(そら)より―」二冊目です。前回読んでいただいた皆様には、たいへんお待たせしました。二冊目から読んでいただいた皆様には、初めまして。本書は、前巻を読まなくても世界観がわかるようにしたつもりですが、第一巻を読んでいただければ、なお物語世界を楽しんでいただけるのではないかと思います。

二巻の舞台はスペースコロニー、キリルです。前回の後半でエディが与えられたミッションの物語です。連邦政府、軍、ＭＩＳＴ、ラグナロクの証人……。各組織、各登場人物の思惑がどのような結末につながっていくのか。キリルが舞台のエピソードは、完全解決ならぬまま幕を下ろしました。この物語の本当のゴールは遠いところにあります。多くの謎は徐々に明かされていく予定です。長距離走を、二人で協力しながら、持久力をつけて最後まで頑張っていきたいと思います。

さて前回の出版より足掛け七年。世の中の動きもめざましく、未来舞台の物語を書いている割にアナログ人間の私たちは、追いつくのが大変です。本作品をSFと呼ぶには多少抵抗も感じます。現在すでにAIが登場しSF世界が現実のものとなっていますから、未来は人間の出る幕はないかもしれません。例えば車は完全に自動運転で運転手という仕事がなくなっている、護衛など危険な仕事はアンドロイドやロボットの領域……などなど。でもそれでは人間のドラマが描きにくいということで、あえて予知できる未来は描いていません。人間ドラマとして楽しんでいただければと思います。

最後になりましたが、読者の皆様、今回も章扉デザインを使わせてもらった清水恭子さん、文芸社関係者皆様、身内や友人のみんな、温かいエールとご助力をありがとうございました。

また近い将来お出会いできることを切に願いながら、二巻目の筆を置くことにします。

二〇一九年五月

武美　肖佳
龍末　晶惺

著者プロフィール
武美 肖佳（たけみ あやか）
8月18日京都府産。

龍未 晶惺（たつみ しょうせい）
2月24日大阪府産。

共に大阪府に育ち、現在は兵庫県に生息中。
中学からの同窓生同士。短大時代、互いに創作好きと知り、
急接近。合作で小説を書きはじめる。

Destiny2 —遥かなる宇宙(そら)より—

2019年7月15日　初版第1刷発行

著　者　武美 肖佳　龍未 晶惺
発行者　瓜谷 綱延
発行所　株式会社文芸社
〒160-0022　東京都新宿区新宿1－10－1
電話　03-5369-3060（代表）
03-5369-2299（販売）

印刷所　株式会社エーヴィスシステムズ

ISBN978-4-286-19909-2